行到水穷处，坐看云起时

古典诗词的禅与悟

慕清秋 著

中国华侨出版社
北京

图书在版编目（CIP）数据

行到水穷处，坐看云起时：古典诗词的禅与悟/慕清秋著.—北京：中国华侨出版社，2018.5
ISBN 978-7-5113-7639-8

Ⅰ.①行… Ⅱ.①慕… Ⅲ.①古典诗歌—诗歌欣赏—中国 Ⅳ.①I207.2

中国版本图书馆CIP数据核字（2018）第057620号

行到水穷处，坐看云起时：古典诗词的禅与悟

著　　者／慕清秋
责任编辑／高文喆　王　委
责任校对／高晓华
经　　销／新华书店
开　　本／670毫米×960毫米　1/16　印张/15　字数/195千字
印　　刷／三河市华润印刷有限公司
版　　次／2022年2月第1版第3次印刷
书　　号／ISBN 978-7-5113-7639-8
定　　价／39.00元

中国华侨出版社　北京市朝阳区静安里26号通成达大厦3层　邮编：100028
法律顾问：陈鹰律师事务所
编辑部：（010）64443056　64443979
发行部：（010）64443051　传真：（010）64439708
网　　址：www.oveaschin.com
E-mail：oveaschin@sina.com

序言

  禅是一种心境，是我们看待世界的眼光，也是世界反射回来的映像。它无形，却能融化所有的二元对立：比如善恶，比如远近，比如爱恨。这是东方土壤上最纯美的花朵，它与传统文化拥抱在一起，渗透在每一个细枝末节。

  在文化中寻找禅意，除了茶道，要数中国的诗词。两者之所以共通，首先因为节制。世界上没有一种语言，可以在几个字的排列组合中蕴含万千世界。诗词可以，它凝练、简洁，懂得戛然而止，又懂得余味绕梁。像是国画中的留白，不言不语，又传递出更多信息；像是禅宗主张的不立文字，唯有心法方可直达本源。

  除此之外，诗词与禅一样，共同面对本心、迷失、开悟、境界。在红尘的浮光掠影之下，虽是凡夫俗子，也总会有些澄明与顿悟。经过大浪淘沙的真正诗人，怀揣赤子之心，困顿于精神的流浪，渴望纯粹，向往故乡，追寻精神的本源。

  有人说，这个世界是有心人的世界。我们可以为自己留下一小段时光，带着质朴，带着禅思，走进诗词世界。无论是捡拾梦想，还是沐浴宁静，都是美妙的感受。

目录

第一辑
悠远·一花一世界

003 …… 一眼万年：独上高楼，望尽天涯路
006 …… 宁静绽放：人闲桂花落，夜静春山空
009 …… 天涯过客：枯藤老树昏鸦，古道西风瘦马
013 …… 不如心安：万籁此俱寂，但余钟磬音
017 …… 秘境探寻：山鸟无凡音，山云无俗状
021 …… 不惹尘俗：终年无客常闭关，终日无心长自闲

第二辑
虚空·一木一浮生

027 …… 以我观物：山光悦鸟性，潭影空人心
031 …… 悲欢离合：若将花比人间事，花与人间事一同
035 …… 水到渠成：春潮带雨晚来急，野渡无人舟自横
039 …… 放下我执：尽日寻春不见春，芒鞋踏破岭头云

043 …… 人世无常：来如春梦几多时，去似朝云无觅处

047 …… 纷扰皆空：言下忘言一时了，梦中说梦两重虚

第三辑
灵动·一草一天堂

053 …… 生命之泉：一条藤径绿，万点雪峰晴

057 …… 心存美好：空山新雨后，天气晚来秋

061 …… 境随心转：何意百炼钢，化为绕指柔

066 …… 怅然徘徊：空山松子落，幽人应未眠

070 …… 拈花微笑：春雪满空来，触处似花开

074 …… 时光辗转：雨中山果落，灯下草虫鸣

078 …… 春日易逝：流光容易把人抛，红了樱桃，绿了芭蕉

第四辑
顿悟·一叶一如来

085 …… 不言自明：菩提本无树，明镜亦非台

089 …… 人生苦短：青山依旧在，几度夕阳红

093 …… 处之泰然：八风吹不动，端坐紫金莲

097 …… 因缘和合：江畔何人初见月，江月何年初照人

102 …… 三生因果：契阔死生君莫问，行云流水一孤僧

106 …… 此生空过：三过门前老病死，一弹指顷去来今

110 …… 尘埃落定：最是人间留不住，朱颜辞镜花辞树

第五辑
达观·一砂一极乐

117 …… 绝处逢生：归去，也无风雨也无晴

121 …… 莫向外求：人生尽受福，人苦不知足

125 …… 万般自在：采菊东篱下，悠然见南山

129 …… 胸怀坦荡：野旷天低树，江清月近人

133 …… 君子养德：不要人夸颜色好，只留清气满乾坤

137 …… 慧光佛性：溪花与禅意，相对亦无言

141 …… 人间不寒：即问渔翁何所有，一壶清酒一竿风

第六辑
随缘·一方一净土

147 …… 灵魂归属：处处逢归路，头头达故乡

151 …… 心如明镜：薄暮空潭曲，安禅制毒龙

154 …… 生死荣枯：春有百花秋有月，夏有凉风冬有雪

158 …… 静水流深：小舟从此逝，江海寄余生

162 …… 浮生若茶：不经一番寒彻骨，怎得梅花扑鼻香

166 …… 处变不惊：行到水穷处，坐看云起时

170 …… 低下头来：手把青秧插满田，低头便见水中天

173 …… 思而不乱：芳树无人花自落，春山一路鸟空啼

第七辑
沧桑·一笑一尘缘

179 …… 一盏心灯：欲将沉醉换悲凉，清歌莫断肠

183 …… 红尘修行：细看便是华严偈，方便风开智慧花

186 …… 勘破放下：锦瑟无端五十弦，一弦一柱思华年

190 …… 羽化成蝶：人生如梦，一樽还酹江月

193 …… 尽心无憾：莫笑贱贫夸富贵，共成枯骨两如何

196 …… 自在圆满：人有悲欢离合，月有阴晴圆缺

200 …… 心外无法：蓦然回首，那人却在灯火阑珊处

第八辑
淡泊·一念一清净

205 …… 不染一尘：深林人不知，明月来相照
208 …… 自由在心：何必奔冲山下去，更添波浪向人间
211 …… 缘深缘浅：早知如此绊人心，何如当初莫相识
214 …… 无求无畏：即此羡闲逸，怅然吟式微
217 …… 今生安好：云山海月都抛却，赢得庄周蝶梦长
220 …… 世事纷飞：行人欲问前朝事，翁仲无言对夕阳
223 …… 归零溯源：人生若只如初见，何事秋风悲画扇

227 …… **后记**

第一辑

悠远·一花一世界

第一辑
悠远·一花一世界

一眼万年
独上高楼，望尽天涯路

（一）

珠帘翠幕，难抵相思苦；琼浆玉露，难化红豆情。人世间的爱最美，情最殇，爱情碰到一起，有时会是一段流传千古的佳话；有时却成为一段凄美的故事流传。

姻缘千里一线牵，红线若断几人怜？轻叹瑶琴慢慢抚，欲语琼珠碎玉盘。

感情的路就是这样，红线安在，即使相隔万水千山，也终会牵在一起；如若红线两相断，即使近在咫尺，也是相隔天涯的陌路人生。

人世万年，唯有"情"字最惹人怜，让人朝朝暮暮，不舍流连。千情万感，独有相思最苦，夕阳西下，独倚斜栏，望眼欲穿，却不见倩影佳人面。明月不解故人意，红豆最懂伊人情。

这暮秋清晨，亭台庙宇之间缭绕着缕缕清寒，打开门窗，所见之景皆触动了内心深处的那一抹情殇，惹起无尽的哀思。

槛菊愁烟兰泣露，罗幕轻寒，燕子双飞去。明月不谙离恨苦，斜光到晓穿朱户。

昨夜西风凋碧树，独上高楼，望尽天涯路。欲寄彩笺兼尺素，山长水阔知何处。

清晨栏杆外的那一簇秋菊似乎笼罩在一种惨淡哀愁的烟雾之中，兰花上沾染的露珠仿佛这兰花也因此情此景而哀伤泪流，正所谓"一切景语皆情语"，这一句"槛菊愁烟兰泣露"毫无保留地展现出了诗人此时的心境，哀愁惨淡，内心凄凉。

情到深处断人肠，碧海青天，谁又懂此时的孤寂与凄凉。不论是风情万种，还是豪气冲云霄，怎一个"情"字了得？

（二）

这位暮秋清晨倚门独望之人正是晏殊。亭台槛菊，笼罩着丝丝缕缕的清寒，看上去似含着脉脉忧愁。初晨的幽兰，点缀着晶莹的露珠，仿佛这兰花也因忧思而含泪欲滴。是不是连那常年陪伴的燕子也嫌这罗幕间太过清寒，竟双双舍我远去？就连明月也不解这离别苦恨，转过朱阁，穿过朱红色的轩窗，将清冷的月光倾洒进来，照得这人儿彻夜无法入眠。

时时想念着那思念中的人儿，可依依等待却不见故人归来。只好独自登上这高楼，只望能在这茫茫人海中再见他一眼。可是昨夜西风又起，登楼所见，一排排碧绿之树一夜间竟被折磨得凋零。凭栏远望，望尽了这天涯之路，也不见相思之人的身影。踟蹰间，竟不知如何是好。又该如何来告诉他我这相思之情？山高峰峻，水路浩渺，其间又包含那么多回旋转折，茫茫人海竟不知他在哪里，这彩笺尺素该寄往何方？

诗人写景入情，这初晨之景反照出他内心的相思之情，竟是彻夜辗转反侧，相思难耐。

如果没有曾经花前月下的海誓山盟，是不是就不会有今宵的思君天涯？望断天涯路，忧思不见君，又该是怎样的一种落寞凄凉与孤寂难挨？

第一辑
悠远·一花一世界

那些红尘画卷上所镌刻的是谁的生死之恋？守着那记忆中不变的容颜，一守就是万年。"此情可待成追忆，只是当时已惘然。"

（三）

杨柳青青青几许，牡丹艳艳艳几何？秋去春来草又绿，红烛泪尽归几时？

秋风萧瑟，黄蝶飘飘，树犹如此，人生奈何？执念着往昔的情谊，犹记着昨日的欢歌，只可惜那已成为昨夜的一场梦，黄粱的一杯酒，梦醒酒醉，看到的依旧是空空明月，徒惹人悲。

独登高楼，骋目远望，山高水阔，人海茫茫。人世间的一切一如浮云而过，竟再也勾不起一丝玩味。情也悠悠，爱也悠悠，只怪当时轻别意中人，如今登高远望，就算望尽了天涯之路，可也寻不到他半点踪迹。佳人犹在，锦书难托，曾经的轻别，竟成了今宵的错过。

韶华易逝，恩宠难再。有些事，错过了就是一生；有些人，放开了就是一世。草木易凋，人生易老，时光一逝百年，回首弹指间。酒宴歌席莫需勤，日日笙歌繁华落，歌舞升平反伤身。满目山河凭望远，落花凄雨更伤情。等闲易逝流年过，不如珍惜眼前人。

曾经只看了一眼，却注定了这万年不变的爱恋，从此再也没有什么可将此情改变。当这份情铭记于心，当这份爱深入骨髓，世间的万物都为之黯淡。深情地凝望一眼，挚爱万年的依赖，一眼万年，世间还有什么能比得上这份真挚的爱恋？

轻易离别，独上高楼，望尽天涯路，不见天涯人。花易谢，草易凋，人生百年匆匆过，红豆相思情更苦，不如怜取眼前人。

宁静绽放

人闲桂花落，夜静春山空

（一）

世俗的纷扰，功名利禄的诱惑，常常使人陷入内心的挣扎。

人生不如意事十之八九。当面对苦难、挫折、失败时，如果一味地抱怨、逃避或是选择堕落，那注定成为人生长河中的失败者。一个人的心态决定了一个人的成败，一个好的心态会使人远离纷争，淡泊名利，战胜眼前的苦难，达到意想不到的效果。

心锁于物欲，烦恼困于心间。世上本无那么多忧思之事，只不过是世人的自寻烦恼、忧虑之思罢了。若能看透此中种种，寻得心中一片静土，做到喜听莺啼，静闻蛙鸣，倒也是一番超越世俗的洒脱。

当夕阳的最后一抹光晕消失于天际，夜，渐渐地拉开了帷幕。虽没有了春日中白天的鸟语花香，欢声笑语，但却赐予这里一片难得的宁静。某年某月，曾有人将自己沉浸于此情此景中，在此宁静中将自己的精神提升到了一个"空"的境界。

  人闲桂花落，
  夜静春山空。

> 月出惊山鸟,
> 时鸣春涧中。

　　无数诗人骚客曾感慨花落之悲,流水无情。桂花飘落,原本是伤感之情,而加之"人闲",使整句诗哀伤之感峰回路转,诗句仿佛在欢快地跳跃,使人如亲眼看见桂花飘落的香林花海。既是春天山中的夜晚,可是诗人又是如何得知这桂花飘落的美景?"夜静春山空",这里已没有了白天的喧杂热闹,山林也空闲了下来,花开花落皆有声,可这种声音是极其细微不易察觉的。若不是静到极致,这细弱之响也会被自然地忽略掉。可见山之清幽,林之静谧。
　　而这貌似无声之音却被诗人从周围的世界中感知出来,可见诗人的心境和这春山的环境一样是毫无杂念的宁静之境。

(二)

　　这位晚间在春山间静听花落,闲闻鸟鸣的诗人正是王维。
　　在这寂无人声的春夜山涧中,桂花纷纷飘落,使这原本寂静的山涧更增空寂。静心来感受桂花飘落的香林花海,更是别有一番韵味。明月从东方升起,皎洁的月光突破云层洒向林间,惊起林间鸟儿的偶尔啼鸣。静谧的空山春夜也因这时时的啼鸣而显得更加幽寂。此情此境亦诗亦画,一幅完美的春涧夜景图展现出来。
　　王维是诗人,又是画家,他的作品往往是诗中有画,画中含诗,给人留下无限的回味与想象的空间,他的这首《鸟鸣涧》亦是如此。在诗中有一个宁静画卷随空而出,使人观之而宁静,赏之而心幽。诗中的"人闲"并不是指人们闲来无事,而是指周围没有人事的烦扰,也没有物欲的困惑,也许只有真的远离这些功名利禄,世俗荣辱,才能真正地给自己内心留存一份宁静，才能从这春山月夜中察觉到这桂花纷纷飘落的细微之景。

心空则境空，只有像王维这样放下心中种种凡尘杂念，远离俗世的喧嚣烦扰，才能达到这种内心的宁静，使自己的精神之境达到佛家所讲的"空即是色，色即是空"的无欲无求的空寂之境。

（三）

如若内心静如水，则自当寒暑不入，百邪不侵。

人生路上的种种欲望如丝丝乱麻将人心缠绕，虽会有一时虚荣和贪婪的满足，可这条道路却是越走越狭隘。在这条路上理智受到蒙蔽，思维受到限制，内心受到煎熬，久而久之使人陷入疲惫和孤独之中。

林泉美景本是仙山圣地，可是一旦流连此地，久而久之也变成市井凡尘之景；琴棋书画本是高雅之事，可一旦起贪婪之念，高雅之境也将变成俗世闹区。所以一个人只要能拥有内心的宁静，即使置身于物欲横流之中，也丝毫不会被外物所染；反之，即使身处灵山极乐，也没有办法做到真正的释然快乐。

万物所感源于心，万象所见源于境。内心平静之人，所见所思所闻所感皆是平和之境，而这种宁静却是修养所得。人的心境若是达到此种境地，就不会受外界诱惑，面对人世间种种可以用清醒的思维来思考，避过凡事纷争，远离"硝烟战火"。

静中真境，静中本我。宁静中绽放的思绪，聆听的感悟，细微的声音，静静地去聆听，去感受，去参悟。感受宁静之境，摆脱世俗纷扰与挣扎。

第一辑
悠远·一花一世界

天涯过客

枯藤老树昏鸦，
古道西风瘦马

（一）

在都市中生活得久了，一些人开始追求不同的生活方式。流浪，便是其中的一种。有些人为了追求一种境界而独自流浪，有些人为了增长自己的阅历而背包远行，有些人为了磨炼自己的意志而跋山涉水。

一些人一去不返，将自己彻底放逐到不知名的地域，再也不与前事旧人联系；一些人回来，向大家讲述了他的经历，听得人们连声赞叹；一些人中途放弃，灰溜溜地回到家，重复往日的生活。

浪迹天涯，在如今看来，是一种洒脱，是一种不羁，是一种自由；也有人把这当成不负责任，当成任性，当成逃避现实。而无论人们的看法如何，还是有不少人在不断尝试，这样做的人，并没有日渐变少。

的确，有不少人在流浪的过程中得到的东西，是在都市中永远得不到的。他们见得多了，视野便开阔了；他们经历得多了，心胸便宽广了。一些之前困扰着他们的琐事，在他们历经苦难之后再回过头去看，就显得那样微不足道了。

人生最悲哀的事情，莫过于苦苦追求了一生，才发现自己所追求的，却是原本就该放弃的，自己所忽略的，才是生命中最为宝贵的。经历过生死的人才会明白，健康有多么重要；经历过惨败的人才会明白，通达有多么重要。

当大限之时到来，纵使有再多的不舍，又有何用？想要带走的永远不可能带得走，想要陪伴的人不能继续陪伴，满贯钱财也只能留给后人，更不要说什么身份和地位。一旦死去，世间的一切便再与你无关了。

在流浪中感悟到生命的真谛的人，不仅现代有，古代也有。虽然在古代，很多流浪是出于无奈，不得不出行，然而最后，他们也同样看清了自己真正想要的东西，从而放下了那些外在的浮华。马致远便是其中一位。

当他独自一人流落他乡，走在西风古道时，想到自己的境遇，一时心起，写下了一首被誉为"秋思之祖"的小诗——《天净沙·秋思》。其中的一字一句，皆勾画出了浪迹天涯的游子的悲凉处境和思乡之情。但其中包含的，却不仅仅是悲春伤秋之情，不仅仅是对故乡的思念之情，还有无限的无奈、郁闷、伤心、孤寂、悲哀和无助。诗人用一首小诗表达了自己对人生际遇的感怀与嗟叹，也表达了心中对当时现实的不满和质问。

（二）

马致远年轻时热衷于功名，满怀抱负，一直期盼自己有朝一日能够得到朝廷的赏识，平步青云。当时的蒙古统治者为了巩固地位，便于统治，打算"遵用汉法"和任用汉族文人，这让他的心中涌起了无限的希望和热诚。然而，统治者却并未普遍实行这一政策，马致远的心一次次在幻想中起飞，却又一次次在失望中跌落。

马致远一生几乎一直在四处漂泊，居无定所。未能得志的不甘之心和穷困潦倒的生活让他郁郁不乐，于是他在旅途中写下了这首《天净沙·秋思》。

第一辑
悠远·一花一世界

枯藤老树昏鸦，
小桥流水人家，
古道西风瘦马。
夕阳西下，
断肠人在天涯。

　　一根缠绕的枯藤，一棵孤单的老树，一只怪叫的昏鸦，营造出一种萧瑟的氛围，在读者的心头裹上了一层浓重的忧伤。一件又一件象征着萧瑟之情的景物接连而至，像接连拍打着礁石的海浪一般，拍打着读者的心，让人有一种喘不过气来的感觉。

　　一架简朴的小桥，一弯细细的流水，一户平凡的人家，又让我们的心情突然间变得舒缓，那是怎样一幅平和安详的画面啊。在萧瑟的场景的映衬下，那种与家人相伴的简单的田园生活，让作者和读者的心中都不禁泛起了一丝感动，那样的生活，不正是人们期望的幸福吗？

　　自己一生追求功名，到头来拥有的又是什么？自己的身边，除了一条荒凉的古道，一阵瑟瑟的西风，一匹疲惫的瘦马，没有一样是温暖的，没有一样是美好的。即使自己不喜欢，仍要继续在江湖飘荡，这又是何苦？连自己今夜会在何处落脚都未曾知晓，又如何断知遥远的明天会是什么样？

　　他开始怀疑自己年少时的抱负，心中却仍有不舍。两种念头折磨着他，让他的心里越来越迷惑，越来越痛苦。终于，在二十年的漂泊生涯中，他看透了人生的荣辱，不再对功名抱有幻想和期望，并确定了退隐林泉的念头。身居林间，不问世事，便是他晚年生活的写照。

（三）

　　情感丰富的人容易伤春悲秋，而秋景，更是容易勾起人们伤情的画面。深秋的黄昏、残阳、落叶、枯枝，无不给人一种冷落、萧瑟、凄凉的感觉。

　　有些人看到深秋会感叹好景不能长久，感叹失去和离别，惜花开花落，叹人世无常。有些人会叹秋景太伤人，太伤情。其实，所有的风景都是静默的，真正影响我们心情的，并非风景，而是我们的心。

　　天堂与地狱，只在一念之间。

　　盛夏美丽的花园中，也存在不洁净的东西，也有会恼人的蚊虫；别人看起来幸福的生活，也会发生不如意的事情，也会有一些不幸。若心是清净的，看到的世界便是清净的；若心是欢喜的，每天的生活便充满了欢喜。

　　人生过客，皆是尘埃，有何不舍，又为何执着？人终有一死，当死亡来临时，任何事物都无法与它抗争。努力地耕耘也罢，放任它荒废也罢，生命的田地终将是一片寂静荒芜。

　　其实，每个人在世间都只是过客，很多事情，今日有，明日无，真的不需要看得那么重。看得越重，就会伤得越深。多点淡然，少点虚荣，活得真实，才能活得自在。

不如心安

万籁此俱寂,但余钟磬音

（一）

繁华世界，市井喧闹，人语嘈杂。奔波于其中，久了，便会被一些浮华所吸引，所牵挂，于是忘记了最初的心愿，忘记了最初的自己。

名和利，像是两只挂着鱼饵的钩子，一旦被它们钩住，就难以挣脱；它们又像是泛着金丝银箔光芒的泥沼，一旦踏入，就会越陷越深，难以脱逃。

那些被钩子钩住的心，渐渐变得扭曲，人们心中那片原本蔚蓝的天空被攀比和妒忌涂上了灰黑的颜色。他们开始争吵不休，为了一些并不那么重要的东西；甚至不惜为一件小事打得头破血流。

那些被泥沼浸泡的心，渐渐变得阴暗，心中善恶的天平开始摇晃，开始倾斜。最后，恶的一端开始下坠，越来越沉，越来越沉……一颗颗希望的泡沫浮出泥沼，破灭，心完全沉入了黑暗。这样的心会因旁人的一句无意玩笑而感到刺耳，会因旁人的一句刻意炫耀而感到愤恨，会因旁人所拥有而自己不曾拥有的财富而感到忌妒，会因旁人所遗失而自己恰好得到的好处而感到窃喜。

心中的平静一点点被吞噬，内心越来越惶恐，越来越不安，像溺水的人一般，狂乱地抓着身边一切能抓到的东西。有些人以为抓到的东西越多，就越容易摆脱恐惧，却不知，恰恰是这些东西，将他们带向了无底的深渊。

有人说若是名利会害人，远离便是。可世上又有几人能做到远离它们的诱惑，能够远离尘世的纷扰，静下心来，只关注自己真正想要做的事？寥寥无几。

为了眼前的一些人和事患得患失，为了失去的一些身外之物愁眉不展，为了不及他人的一些小处而终日耿耿于怀，却没有发现与此同时，身边美好的一切也正在远去。

不要和诱惑比近，而要比远。离得越远，越安全。远离诱惑，心便安了。其实，当你内心感到痛苦愁闷的时候，不妨把自己置入空山，在大自然中细细地体会、聆听，这时，你将听到自己内心深处发出的声音。正如诗人常建在诗中所写的"万籁此俱寂，但余钟磬音"一般。

（二）

清晨入古寺，初日照高林。
曲径通幽处，禅房花木深。
山光悦鸟性，潭影空人心。
万籁此俱寂，但余钟磬音。

常建生于唐代的长安，他在开元十五年考中了进士，又在天宝年间升为盱眙尉，然而他的仕途却一直不顺利。经历了几次波折后，他决定归隐，定居在鄂渚的西山。这首《题破山寺后禅院》便是他决心远离尘嚣之时所作的。

那一年，日益失意的仕途让常建感到越来越疲倦，于是他决定暂别闹市，去山水中让内心的郁闷得到一些舒缓。他走了许多地方，看过了许多风景，而这些风景却如走马灯一般从他的脑中经过，并未留下太多的感触。

一天清晨，他来到了破山寺，他刚一踏入这片净土，便看到树林在朝阳的照耀下，散发出柔和的光芒。

诗人被眼前秀丽的山光迷住了。他想不到曲折的山道竟能通向一处幽静的处所，在花卉缤纷的地方竟能隐藏着一座禅房。他望向一池碧潭，清澈见底的潭水使他感到自己的心得到了净化一般。

此时，钟磬声响起，如同一声声来自内心的召唤，那样熟悉，那样亲切。刹那间，世界安静了，诗人的心也安静了。仿佛有一股神奇的力量在召唤他，让他领悟到了空门禅悦的奥妙，让他希望自己也可以像鸟儿一样自由自在地在天空中飞翔。

突然间，诗人感到自己之前为了仕途不顺所郁闷是如此不值得，名利皆是身外物，何必为此苦苦伤怀，忽略了身边那么多美好的东西？不如抛却吧，放自己的灵魂一条生路，还自己一身自由。刹那间，一种遁入空门的情怀浮现于诗人的心中。

（三）

人的一生中，往往会被一些外界的东西所负累，却浑然不觉。有些人把虚荣当成了梦想，奢侈当成了品质，贪心当成了抱负，于是越来越累，越来越难以快乐。

那些昂贵的东西并不能给我们带来最大的欢乐，那些高贵的身份地位也不一定能让我们的内心感到安定平稳，有时恰恰相反。

原本就不属于我们的东西，若是一直不曾拥有，也并未感觉有多么重要，一旦拥有过，再失去，那心中便会痛、会惜、会怨、会留恋。即使不失去，也会一而再再而三地想要拥有更多。在意得越多，要得越多，就越不愿放手；越不愿放手，就越痛。

若是放下又如何？去一个淡然恬静之处，看看一花一树，赏赏一山一水，品品清风晓月，听听鸟语虫鸣。待到静下心来，才会发现，内心的安定远比那些表面上的风光浮华更加重要。

心沉了，人累了，不如找一个安静的地方，卸下身上的衣冠，打开内心的枷锁，好好地让自己透一透气。当那些负累都卸下后，你会发现，内心的不安竟然在不知不觉中离开了你。

当平心静气的时候，再去看那些自己曾死守不放的东西，想一想是它们让自己如此心力尽失，你还会对它们眷恋不已吗？你还会想要让自己深陷于名利的诱惑之中，被它们控制，无法安定吗？

此时，再去看周围那些为了名利奔走的人们，心中就不免坦然许多。若有人向自己炫耀，最多淡然一笑；若有人向自己挑衅，最多转身离开；若有人轻视自己，不会气愤；若有人诋毁自己，亦不会恼怒。

聪明的人都从内心找到了永恒的宁静。当内心感到惶恐的时候，放飞心灵，看淡那些身外之物，不失为最好的选择。过多的欲望是痛苦的根源，知足常乐才是人生最大的财富。

秘境探寻

山鸟无凡音，
山云无俗状

（一）

"你，累吗？"

一句简单的发问，却能引发人们的无限感慨。

人，工作久了会累，交际多了会累，思考多了也会累。每天大于等于八小时的工作，每周大于等于五天的奔忙，让越来越多的人感到疲惫。

对于现在的许多人而言，工作，不再是生活的意义，而是能让自己生活得更好的工具。越来越多的人开始想要休息，想要放松。然而当休息的时刻终于到来时，他们却不知如何才能让自己真正地放松。

一些人把自己用力抛进松软的床上，想要安眠，却不得安眠，想要放松，却始终得不到放松。他们烦躁，苦恼，越是想让自己休息，脑海中盘旋的事情越多，越是想让自己放松，心反而越紧绷。即便最后昏昏沉沉地睡去，次日醒来，疲惫的感觉也丝毫没有减退。

岂知，需要休息的，不仅仅是我们的身体，还有我们的心。

人的心灵，可谓是最坚强的东西，也可谓是最脆弱的东西。若说人的内心是脆弱的，有时它可以抵得起千万吨的重压；若说人的内心是坚强的，有时一根羽毛便足以让心里那道防线瞬间崩塌。

一些人一路狂奔在深夜的公园，让厚重的呼吸冲破闷热的胸膛；一些人旋转飞舞在夜幕下的广场，让心随着音乐一起飞扬；一些人纵情扭动于喧嚣的酒吧，让心跳随着身体和节奏震荡；一些人声嘶力竭于KTV的包厢，让郁气穿越厚厚的墙壁。这一切，只为了释放。

紧绷的弓弦易断，紧绷的神经易疲。想让内心得到真正的休息，不如找一个接近自然的地方，看看自然界中的万物，感受它们的亲切和生机，给自己的心灵放一个假，让心灵在自然的环境中得到滋润和调养。

（二）

寂静的山林中，自由自在的鸟儿在唱歌，那此起彼伏的鸣唱，时而婉转悠扬，时而欢快明亮，美妙的声音完全不同于平日里听到的鸟鸣，没有丝毫的嘈杂。

碧蓝的天空中，绵绵的白云不断变换着形态，时而柔美得像仙雾缭绕的天宫，时而清高得像终年积雪的雪山，治愈的感觉没有丝毫俗气。

在这样的环境中，北宋僧人文政写下了如此的诗句：

> 山鸟无凡音，山云无俗状。
> 引得白头僧，时时倚藜杖。

此诗名为《题胜业寺》，是文政出家之后所作。文政生活于北宋时期，是湖南衡阳南岳僧。进入胜业寺后，他主要负责胜业寺的寺务。

由于他勤于寺务，刻苦经营，让寺庙的香火空前鼎盛。后期，文政年事渐高，便退居后堂，过起了优游自在的生活。

禅修余暇，他便用一些诗句记录下自己在胜业寺的生活状况。他的诗虽然不多，也很少流传，但是每一首诗的诗风都很简淡，直抒胸臆。

他在作此诗时已年过花甲，此诗虽然只有短短四句，前后不过二十个字，却透着古朴苍劲和无尽的禅意。前两句中的"无凡"和"无俗"，既烘托出了山寺的超凡脱俗，也从侧面表现了诗人远离尘俗、清虚无为的心境。我们可以感受到一位老僧陶然于山水，怡然自得的心境。

娑婆世界中，五欲杂陈，烦乱不堪，这些山鸟却能置身世外，不被污染，与世无争。静居山野之间而又优哉游哉的山鸟，不正是人生逍遥的象征吗？如若它们都不是得到解脱者，还有谁会是？

佛家常说，心中有佛，眼中自然能看到佛。同样，心中有佛，听到的鸟鸣便成了佛音。诗人一心向佛，在他听来，这鸟鸣又岂止是鸟鸣那么简单？诗人的心中响起的，莫不是那些助人清除罪业，战胜魔障的梵乐吗？那轻飘飘的白云在天空和山峰之间缭绕盘旋、忽隐忽现、忽升忽降、忽分忽散，莫不是一种"跳出三界外，不在五行中"的感觉吗？

（三）

可有人想过，给我们的心一个放松的空间，让它好好地休息一下？让心洒脱一些，心才会真正得到治愈和放松，人才能得到真正的解脱。

古往今来，无人不喜洒脱。可怎样才是洒脱，却是很多人都说不清道不明的。

洒脱是一种"有即是无"的心态。娱乐场所的一掷千金是洒脱吗？酒席上的"豪气干云"是洒脱吗？对逝去之情的漠然和冷淡是洒脱吗？不，这些都只是潇洒而非洒脱。

潇洒很容易，洒脱却很难。

这个世界是物质的，在这个充斥着物质的世界里，我们难以放下的东西太多太多。想要洒脱，便要超越这些物质，从灯红酒绿、纸醉金迷的生活中跳出来。

洒脱是一种人生态度。热爱人生的人是洒脱的，他们懂得生活的真谛；敢于褪下表我，释放真我的人是洒脱的，他们不会在人前掩饰、做作；不拘一格的人是洒脱的，他们放得开眼光，懂得变通；宽容的人是洒脱的，他们不会计较得失，只会珍惜拥有；懂得放弃的人是洒脱的，他们不会用不属于自己的东西约束自己；胸怀坦荡的人是洒脱的，他们做事光明磊落，不必担心因果报应；以诚相待的人是洒脱的，他们不需担心自己的谎言被戳穿。

　　面对失败或挫折，一笑置之便是洒脱；面对人间百态，不怒不怨便是洒脱；面对挑战，勇于迎难而上便是洒脱。

　　洒脱不是先天的，而是一种看尽天下风景后淡然的心态。当经历过千山万水之后，当你抬头看到天上的白云在风雨交加间舒卷自如，当你看到天地一沙鸥扶摇而上直冲云霄，当你看到一叶扁舟在湖面上渐行渐远，当你看到红透的枫叶从高空轻轻飘落到地面……此时你的心中，涌起的若是宁静和淡然；此时你的脸上，露出的若是淡然一笑，这样的心境便是洒脱了。

　　洒脱是超越，不但要超越生活，更要超越自己。当你历经过人生百味，体验过悲欢离合，再次回到人生舞台上时，你会发现，甩开精神上的包袱，才是真正的洒脱。

不惹尘俗

> 终年无客常闭关，
> 终日无心长自闲。

（一）

人们常说，人生如戏。生于凡尘俗世之中的人们，往往需要掩饰自己的内心，戴上不同的面具，扮演不同的角色，去与身边的人和事打交道。他们掩饰起骄傲，露出谦和；掩饰起烦躁，满面耐心；掩饰起不屑，表现好奇；掩饰起愤怒，堆起笑脸；掩饰起抱怨，伪心恭维……

久而久之，一些人感到好累，他们想要脱身，却不得不终日纠缠在不同的身份和角色中，在一段又一段情节中压抑着、违背着自己的心意。

久而久之，一些人习惯了这样的生活，他们八面玲珑，自由转换着角色和身份，在各种人各种事面前游刃有余，却在这一场又一场的戏剧中竟忘记了自己究竟是谁。

随着时间的流逝，他们的身上缠了越来越厚的纱布，涂了一层又一层油彩。他们在别人的眼中快乐着，在自己的世界里迷茫着。他们围着别人的城市兜了一圈又一圈，把那些路线摸得熟透，最后却找不到回自己家的路。

有人说，人生中有太多的不得已，因为不得已，所以不得已。为了和人相处得当，不得已放弃自己；为了拥有安稳的生活，不得已四处奔波；为了拥有美好的未来，不得已把自己推进涡流之中，转得晕头转向。

有人说，人生本就应该这样，角色扮演实属寻常。这个社会的游戏规则便是如此，不能改变，就要学会适应，学会接受。

有人说，自己的内心本就不需要对所有人表露，这是成熟的人应该学会的技能。

有人说，与人相处，必须要保持距离，太远了难以有所进展，太近了就会彼此困扰。

没有了真实的自己，没有了自在的相处，人和人的心中都隔了不止一堵墙。为了不让别人窥探，为了保护隐私，人们把墙越垒越高，最后砌成了一口井。坐在井里看天，天就会变得很小。

但是，人还是需要朋友的。虽然一生中，不是所有遇到的人都能成为朋友，却也总会交到好友三五、知己一二。正是因为好友和知己的存在，才让真正的自己有机会显露出来。

（二）

在唐代，有一位诗人也曾经历过类似的困惑，他年轻时因才华出众深受众赏，在朝任职。然而，当时黑暗的政治使他不满，他既不愿与人同流合污，又不能与他们决裂，两难之下，他采取了半官半隐的方式，住进了终南山。这位诗人便是王维。

住进终南山后，无须整日面对那些黑暗的政治，王维感到心情舒畅了许多。隐居生活寂静安闲，让他寻求到了精神的寄托。唯一令他感到遗憾的，便是不能与好友相伴。于是他作了一首小诗，送给他的一位好友张湮，表达了想要邀请好友来山中与自己作伴的意愿。

> 终南有茅屋，前对终南山。
> 终年无客常闭关，终日无心长自闲。
> 不妨饮酒复垂钓，君但能来相往还。

王维写这首《答张五弟》，为的是引起友人的兴致，使他来与自己相聚，共同湖边垂钓，把酒畅谈。

诗中将诗人的隐居之所描绘成一处清幽之地。虽是只有几间简陋的茅屋草舍，茅屋的对面却有着美不胜收的山色，只要一打开门，就可以欣赏到巍峨深邃、苍翠欲滴的终南山。

隐居的生活没有拘束，没有忧虑，没有打扰，这才得了满室安逸，一心悠闲。没有人来，便不需要有心计，不需要伪装，不需要勉强。在这样清静的环境里，杂念也是无从而生的。

终年无客，于是门虽设而常关。那终日紧闭的房门，隔开了复杂的尘世和简约的生活，如同诗人心中的大门一样，隔开了外界的干扰和内心的平静。寂寞虽然有一点，却不是因为门可罗雀，而是因为对友人的思念。若是有好友相伴，这寂静小屋便成了乐土，这深山便成了天堂。

一颗寂寞、清闲的心，就这样在山中轻轻起伏，日复一日，年复一年。两耳不闻山外事，一心只得半生闲。任凭时间一天天流逝，任凭世外纷扰杂乱，诗人的心却始终散淡、安闲。

（三）

每个人的人生都是一出戏，不同的是剧情、主演、表达的情感和内容。还是孩子的时候，人们的心是单纯的，他们无法理解为什么大人要把一些简单的事变得复杂，为什么要让轻松的生活变得那么累。随着年龄的增长，他们渐渐地了解了那些"不得已"，渐渐地学着不真实，烦恼也就渐渐地多了起来。

　　社交礼仪的学习并不是伪装，那种为了达到某种目的而戴上假面具，或是为了保护自己而模仿别人言行的行为才是伪装，这些行为有时的确是情非得已，有时却只是来自虚幻的自我想象。

　　在旧时黑暗的环境里，在价值被扭曲的世界里，在统治阶级不分黑白的年代，有些人不戴着面具便无法生存。他们戴着面具，伪装成另一个人，心却一直感到快要窒息。每当一个人的时候，他们就会感到无限的失落。

　　过度的伪装会让人产生沉入深海般的胸闷和惊恐，会让人失去自己的存在感，好像被关在一个由特殊玻璃制成的容器中，自己可以看到全世界，但是外面的人都看不到自己。直到有一天，突然发现自己已经遗失，剩下的只是一张陌生的面具和一副陌生的躯体。

　　有些人想学古人，将自己放逐在寂寞的房间，把心门紧闭，不与外界有一点交流，却越来越痛，最后再也无法出门；有些人分不清现实与幻想的区别，不断强迫自己成为别人的样子，却一次次让自己心痛不已。

　　为何人要生活得如此辛苦？不断地寻求，却只是不断地失去更多。不如停下脚步，找一面镜子看一看，自己是否还是原来的自己，然后回首看一看，自己是否还朝着原来的方向前进。

　　在现在的世界里，并不是只有隐居山间才能摘下面具，有时，只要自己的内心足够强大，便能够放下那些沉重的面具，以真实的面目示人。

第二辑

虚空·一木一浮生

以我观物

山光悦鸟性，潭影空人心

（一）

乌云密布，凉风骤起，刹那间，倾盆大雨降临在这座城市。一些人在公交车上说说笑笑，庆幸自己的脚步够快；一些人躲在公交车站的雨棚下，一边挤着衣服上的水，一边庆幸着自己没有被淋湿太多。

与此同时，有的人站在巨大的玻璃窗里望着窗外，却突然泪流满面。虽然并未被雨淋，但他的心里下着雨，于是眼中便也下起雨来。若你问他为什么，或许他会说，他记起某年雨天的某件事；或许他会说，只是看到雨水顿生伤感；或许他会说，自己也不清楚为什么。

心境，真是奇妙的东西。

人们常说，拥有什么样的心境，就拥有什么样的人生，这听起来似乎有些生硬，但在生活中，若我们细细观察体会，便会发现事情确实如此。

我们平日里遇到的事情会怎样发展，很多取决于我们自己的心境。我们心里产生的各种各样的感觉，也都源自我们自己的心境。心是甜的，饮下白水也会甘之如饴；心是苦的，饮下蜜汁也会苦不堪言。

内心阳光的人，永远生活在美丽的花园。他们时常感到喜悦，时常对身边的人和事心存感恩。追逐阳光的习惯使他们善于发现生活中的美好，容易满足，容易幸福。

内心阴暗的人，永远生活在冰冷的海底，他们拒绝接受阳光的洗礼，因为阳光的温暖会令他们的心中感到一丝丝的刺痛和不安。追逐阴暗的习惯使他们终日阴郁，难以快乐。

每个人一生之中都会经历许多不尽如人意的事情，有些事情，我们不能阻止它们的发生，但是我们可以制止它们进入内心，让内心不被干扰。

若是心平静了，看到的事物便美丽了、柔和了；若是心乱了，看到的事物便毛躁了。

（二）

常建在《题破山寺后禅院》中写道："山光悦鸟性，潭影空人心。"美丽的景色自然可以悦人，但若观赏者本身没有对美好事物的喜爱，没有对平静生活的热爱，又怎会有心欣赏这份美景？

同样的鸟鸣，若是心中生怨，听到的便是噪声；若是心中生爱，听到的便是乐音。听到噪声的人心中会更加怨恨这群鸟儿，甚至会扔石头驱赶它们；听到乐音的人心中会更加喜悦，并且面露微笑，心存感激。

当年的常建一直仕途不顺，在经历几次波折之后，他渐渐厌倦了追名逐利，越来越不喜欢这种压抑的气氛，内心对平淡生活的向往也日益增长了起来。

若是能抛开这一切该有多好，他想，既然在朝不得志，不如远去，看看山川河流，或许可以在山水中找到一些慰藉。此时的常建心中已然产生了一丝归隐之心，只需一个点拨，便可跳到尘世之外。破山寺便恰好是拨开他心头迷雾的那缕阳光。

高高的树林，明媚的阳光，清脆的鸟鸣，清澈的潭水。整个山寺的周围散发着迷人的光芒，照亮了诗人心里那片纯净之处。让他终于明了自己心中一直企盼得到的究竟是什么。他驻足片刻，便决定停下行程，在这里居住下来，虔心向佛，修身养性。

小小的禅房，不及之前居住的宅子宽敞，简单的居室，不及之前居住的房间一般物物齐全，然而在这样的房间里，他的心却时常保持平静，祥和，知足，淡定。

心宽了，看周围的一切，也就都宽敞明亮了。

每天早起，聆听山间的晨风，看看屋外的花草树木，饮一口清泉水，食一餐粗茶淡饭。也会时常来到潭边，和自己的倒影对话，看着潭水中那个倒影越来越清晰，看到自己之前紧锁的眉头日渐变得舒缓，看到自己之前无神的双眼渐渐变得清亮，他更加确定自己的决定是正确的。

（三）

我们每天所见的每一件事物，都不是无故出现在生活中的。有一些风景，是因为我们想要看见它们，才会看到；有一些声音，是因为我们想要听见它们，才会听到；有一些人，是因为我们想要遇见他们，才会遇到。

每个人的心里都住着另一个自己，一个真实的自己，虽然我们看不到他的样子，听不到他的声音，但是却能在一些特别的时刻感受到他的存在。我们所经历的某些，往往是在他的祈祷下得以成真。我们在生活中体验到的每一份独特的体验，经历过的每一份独特的经历，都是那个内在的自己渴望拥有的。

人们喜欢蝴蝶，讨厌苍蝇，因为有蝴蝶的地方往往是鲜花环绕，而有苍蝇的地方往往是垃圾成堆。蝴蝶若不是一心向往甜美的花蜜，怎会只去接近那些散发着香甜气味的东西；苍蝇若不是一心向往散发着异味的东西，又怎会只去围着那些腐坏的东西打转。

内心的自己是消极的，就会让我们在随手拿起一张报纸或者浏览某个网站的时候特别关注那些消极的报道，然后在这些报道中证实自己对这个世界的消极态度。

内心的自己是积极的，就会让我们对许多事情产生兴趣和热情，他不会让我们刻意避免碰触那些不太明亮的东西，却会让我们在碰触到不明亮的东西时不会寝食难安，如临大敌，仍然心存光明和希望。无论世界如何对待我们，我们都能微笑着前行。

当然，生活有时会给我们带来一些灰色的暗示，让我们觉得生活是索然无味的，是充满悲观和绝望的。但这些并不能真正主宰我们的一言一行，只要内心强大到能够抵制这些信息，就可以照常过我们的平静喜悦的生活。

保持一颗单纯、阳光、积极、健康的心，便可无畏于生活的残酷，无畏于成长的磨难，便可不因外界的风吹草动而心慌意乱。

悲欢离合

若将花比人间事，
花与人间事一同

（一）

人与人之间的关系，一旦从萍水相逢、点头之交渐渐走向亲密，那个人，对自己的意义便渐渐开始不同。

不自觉地开始关心对方的生活，开始在意对方的感受，开始想要让自己与那个人产生越来越多的牵绊，希望那个人的生活和自己的生活产生越来越多的联系。

恋爱中的人尤其是这样。对方一个眼神，一个手势，一个语气，一声咳嗽，都会让自己心里发生复杂的变化。想着是不是自己让他感觉不开心，想着是不是自己让他感到不自在，想着他是不是因为自己受了委屈，想着他是不是对自己有什么看法。

恋爱中的人，往往过于敏感，过于紧张，才会把原本简单的问题想得复杂，给自己和对方的生活都平添了许多烦恼。

恋爱中的人，往往无法掌握两人之间的安全距离，以为两人在一起的时间越多，关系就能越亲密，于是不惜将自己拉出正常的轨迹，即使心有不甘，也要努力向对方靠拢，每时每刻都和对方在一起。

一些人以爱之名闯入对方的生活，以为这样就可以缩短彼此的距离，却不知这样反而把对方推向更远处。

直到有一天，两人之间发生了争执，之前所付出的，全部成了委屈的理由，混合在泪水中倾泻而出。两人互相指责，细数自己为对方花费了多少时间，投入了多少精力，又为对方放弃了多少自己原本拥有的东西。

当我们为感情而伤感痛心的时候，为何不静下心来，看一看自己走过的路，难道那些让人窒息的痛苦，真的是那个人给我们带来的吗？那些所谓的伤痕，真的是那个人在我们心中划下的吗？

人生中大多数的痛苦不是别人给我们造成的，而是自己跟自己过不去。没有人能够伤害我们，除非我们自己；同样，没有人能够拯救我们，除非我们自己。

（二）

这世上，有什么是永恒不变的？海中礁石的棱角虽然坚硬，却也会在海浪的拍打下变得光滑；高耸的山峰虽然一直立在那里，它两侧的植物也会随着季节发生变化；我们每天都能见到太阳，但是每天在太阳上面发生的事情，也不是一成不变的。

和自然界的一切相比，人更是脆弱的，会受伤，会生病，会死亡。如果我们把一切希望，把自己的心情寄托在别人身上，为了别人的喜怒哀乐而悲喜，把全部快乐建立在别人身上，把别人当成自己生活下去的动力，若是有一天，这个人不再是最初认识的那个人，离开了我们，或者不在人世，我们的生活将会变成什么样子？

事实上，即使那个人不在身边，生活还是一样要继续下去。无论别人如何看，如何说，如何对待我们，生活也还是要继续下去。

唐代的龙牙禅师有一首诗是这样写的：

虚空・一木一浮生

> 朝看花开满树红，暮看花落树还空。
> 若将花比人间事，花与人间事一同。

早上，充满朝气的红花开满枝头，然而到了傍晚，它们便全部凋零了，只剩下光秃秃的树干站立在那里。若是将花开花谢和人间的事情做比较，便会发现，它们在某些方面出奇地相同。在时间的冲刷下，花开花谢，人来人往，事情发生然后结束，没有一样是永恒不变的。

世界无时无刻不在改变着，没有人能生活在永恒里。没有任何事物能生活在永恒里。

人生不过寥寥数十年，这数十年中，每个人都是无时无刻不在改变着。没有人能永葆青春的容貌，也没有人能永葆强健的身体，甚至连无形无影的观念也不一定能长存。

既然世上没有永恒不变的东西，我们为何还要把自己的感情和心情完全寄托在别人身上？为何要为了一些转瞬即逝的美好而痛心？为何要为了一些事物的变化而心有不甘？

日出日落为一天，地球自转为一年。一年相比于一天，很久相比于一辈子，就变得短了。人的一生要经历无数天，无数年，如果为了经历的每一件小事久久不能坦然，为了遇到的每一个人久久不能释怀，岂不是浪费了太多的光阴？

（三）

  有时，他人的一句话、一件事，会在我们内心扔下一颗略带痛苦的种子，只要我们把它捡起来，扔出去，它就不会对我们造成太大的影响。反之，如果我们不去理会，它可能会因为养料的缺失而自行枯萎，也可能在心里生根发芽。如果我们无意识地给它浇水施肥，它就会长成一棵参天大树，顶着我们的心房，让心里总会有痛苦的感觉。

  痛苦一旦根深蒂固，就再难挖除，进而生出更多不舒服的感受，比如不平，比如忌妒，比如仇恨……而那个最初让你产生这种感觉的人，此时却早已遗忘了那段过去，不知在哪里过着幸福的生活。

  若是因为某个人释放出的温柔而身陷其中无法自拔，越来越依赖，时刻想要他的关怀，时刻想要他的照顾，什么都想对他倾诉，什么事都想和他一起，最后只会让自己受伤。

  依赖，就如沿着支架上爬的牵牛花，没有坚实的筋骨，只能软软地靠在支架上，一边缠绕，一边寻找着阳光。若是支架不够高，它会感到不满足，若是支架被移走，它会一下子跌落在地，再没有勇气站起来。

  每一天从我们身边经过的人如流水，又有几人真正在我们身边驻足？大多数人都只是彼此生命中的一个过客，那些我们念念不忘的感情，也不过是红尘中的一场偶遇，分别后，便再无痕迹。

  若是让他人牵动我们的情绪，决定我们的悲喜，那我们自己又将放在何处？

  无论何时，都不要让别人来决定你的快乐和悲伤。无论此时此刻，他在你心里有多重要，都要为自己保留一份空间。

水到渠成

春潮带雨晚来急，
野渡无人舟自横

（一）

不知从何时开始，咖啡馆、茶楼、瑜伽馆等场所如雨后春笋般悄然而现，一座座，一间间，装点着一条条幽静的小巷。

不知从何时开始，书画展、音乐会、歌舞剧等展会的海报如春风后的满树梨花般，开满各大中小城市的街头巷尾。

不知从何时开始，艺术、哲学、灵修一类的话题如被风吹散的香气，弥漫在人们的交谈之中。

是的，在这个时代，随着人们的生活越来越富足，越来越多的人开始追求一种更加突出自己身份和气质的生活，他们开始追求一些"不俗"的东西，开始尝试一些听起来高雅的事，开始说一些听上去高深莫测的话，他们称这样的生活为"雅致"。

然而，这样便是"雅致"了吗？当饮茶成了一种排场，便失去了它原有的清净；当书画成了一种装裱，便失去了它原有的韵味；当咖啡和西餐成了用来秀生活的照片，便失去了它原有的独特；当阅读成了一种作秀，便失去了它原有的恬淡。

一篇名为《清水养玉》的文中曾写道："繁华过眼，宁静才是生活的原态,清水养玉,淡然处世,做个素心人。"由此可见,真正雅致的人生,需要情调、情趣、情致,这一切都需要由内而外进行修养,而不是凭借钱财外物就可以装饰出来的。若一个人的内心没有这样的品质和修养,却要故作姿态,便只算得上是东施效颦了。

(二)

唐代诗人韦应物有一首写景佳作,诗中写道:

独怜幽草涧边生,上有黄鹂深树鸣。
春潮带雨晚来急,野渡无人舟自横。

这首诗名为《滁州西涧》,是诗人在滁州西涧游览时所作。阅读此诗时,可以感到浓郁的雅致遍及全诗,眼前顿时浮现出一幅情致悠然的画面。

世间的花朵千万种,有的娇艳,有的清雅,有的朴素,有的可爱,诗人不爱它们,却对生长在涧边的幽草情有独钟。那湿漉漉的幽草,由内而外透着一种自然的美好,让人不由得想要亲近。

树林深处传来黄鹂诱人的歌声,诗人抬起头,却看不到它们的身影。可爱的黄鹂仿佛一群自由的歌者,宁可让自己的歌声透过疏密不一的树冠洒下来,也不愿在人类的注视下吟唱。

夕阳西下,傍晚将至之时,突然一阵大雨从天而降。雨越下越急,豆大的雨点落入河中,激起了无数的涟漪。河水渐渐涨了起来,越涨越高,越涨越急。

郊野的渡口上,有一只小小的渡船静静地停泊在河里,随着河水的波动上下起伏。船上没有人,只有一只船桨懒懒地搭在那里,仿佛在告诉周围的人，今天休息。

幽草沿岸，黄鹂鸣唱，傍晚春雨，水涨船高，再平常不过的景象，通过诗人简单的勾勒，一幅幽雅的景致便呈现在读者面前，让人有种看到了清丽的色彩、听到了动听的音乐般的身临其境之感。这又何尝不是一种雅致？

韦应物做过"三卫郎"，还在滁州、江州、苏州等地做过刺史，虽然他希望自己能为百姓做一些事情，但由于生性高洁，喜爱幽静，他不愿参与中唐腐败的政治，宁可安为小官。所以许多人认为他的诗中有一种不在位不得其用的无奈、忧虑、悲伤的情绪。

他在滁州任刺史时，经常去滁州西涧欣赏那里的景色，一天，他在游滁州西涧时，看到水急舟横的悠闲景象，于是写下小诗一首，以情写景，借景抒意。

（三）

雅致的人生，是使生活过得优雅而精致的人生。真正的雅致源自一个人的内在修养和内心底蕴。优雅的举止言谈，有品位的服饰，高雅的气质，谦逊低调的品质，简约朴素的生活，自然恬淡的心境，都能体现出一个人的雅致。

想要让生活变得雅致，让自己做一个充满情趣的人不失为一个好的选择。一旦内心充满情趣，就可以让生活变得更丰富、更令人满意。

情趣其实是件很神奇的东西，有情趣的人，能让普通的生活变得丰富多彩，可以让枯燥的事情变得更加有趣，可以让生活和工作的地方变得更加温馨，可以让看上去平凡无奇的事物发生惊人的变化。

有情趣的人会让自己工作的地方充满雅致之物，也许只是一盆小小的绿色植物，也许只是几张家人的照片，也许只是一幅随手的涂鸦，也许只是一杯清淡的热茶，虽然看起来非常简单，却能别有一番韵味。

有情趣的人会让家庭成为一个充满雅致的港湾，在木制的书架上涂一层淡淡的颜料，书架就有了生机；在钢管靠背椅上套一层布艺的软套，椅子就多了一分温馨；哪怕只是一张小小的单人床，只要放上一个憨态可掬的小熊，床就可以散发出更加舒适的气息。

在换床单的时候，关心一下床单和被罩的颜色是否搭调；在吃饭的时候，关心一下菜的色泽和味道。这些细节所展示出的，都是生活的情趣，也是一种雅致的人生。

当我们把生活看作一件艺术收藏品，细心地体会它、欣赏它时，我们的心就会变得格外愉悦，生活就会变得更加雅致。然而，这种追求应该发自我们的内心，源于我们真正的期望，而不是刻意的追求。刻意的追求只会让情趣变味，让雅致变俗。

有了情趣，人生才会不那么刻板和枯燥，才会变得更加雅致。生活得更加雅致，才会让我们的生活充满更多的轻松和愉快。

放下我执

> 尽日寻春不见春，
> 芒鞋踏破岭头云

（一）

有人说执着会带来幸福，却不知执着也是痛苦的根源。

当一份爱出现裂痕，当一段情走到终点，此时若是继续执着，只会让两个人都痛苦不堪。越是执着，心就越痛、越恨，哪怕只是眼中冒出的火焰，也能将对方灼伤。

当两个人产生相左的意见，总想说服对方，让对方顺从自己的意愿。互不相让，如拔河的两个人一般，各执麻绳的一端，用力向后拉扯着，最后两个人的双手都被磨得鲜血淋淋，只剩下勉强的呼吸和狼狈的模样。

当一个人被空中的晚霞吸引，再也无法移开目光，想要接近，想要拥有，以为只要自己努力向上爬，总有一天可以到达。可是，只换来一次又一次的摔落，遍体鳞伤。

其实，人生远不需要这么痛苦。

不再相爱的两个人，早些放手，不但是给对方自由，也是给自己自由，也许真正属于自己的幸福就在下一个路口等着自己，是因为自己太执着于已经不属于自己的东西，才一直无法到达。

产生分歧的两个人，若是可以不要那么执着自己的意见，若是可以对对方宽容一些，不把自己的念头强加给另一个人，接受彼此观点上的不同，两个人就都可以得到解脱。

追求心爱之物无可厚非，但若是所追求的是一件永远不能拥有之物，是一处永远到达不了之所，又何必那么执着？静静欣赏、感动，难道就不是一种幸福吗？

有些时候，执念会在人的心中挖下一个坑，执念越深，坑就越大，越难填满，越难铺平。

太执着，往往会让人失了初心，失了自我。直到某一天突然清醒，才会发现，自己早已偏离了最初的目的，偏离了最初的感觉。本以为自己一直在追的就是自己一直想要得到的，到头来却发现，那并不是自己一开始想要的。

（二）

很多时候，当我们踏遍了千山万水，回到原地时才会发现，对自己最重要的人和事，其实一直在身边，只是自己忽略了而已。正如诗中所云："尽日寻春不见春，芒鞋踏破岭头云。"

这两句诗是一位尼姑在悟道时所作，却不知道这位尼姑究竟是何人。或许，她也曾经历过一段崎岖的山路；或许，她也曾在寻找自我的路上迷失过方向。但是最后，她还是发现了对自己最重要的东西在哪里，所以才会写下这样的诗句：

尽日寻春不见春，芒鞋踏遍岭头云，
归来笑拈梅花嗅，春在枝头已十分。

为了寻找春天的气息，离家远行，翻山越岭，可是却始终没有发现春天的痕迹。一双鞋已穿得破烂，一双脚已走得生疼，却还是不肯回头，仍然相信只要坚持，总有一天会找到春天。

一路上，满怀希望地到达一处，再满心失望地离开，不知不觉竟走了一大圈。回到原点时，心中满是遗憾，却发现枝头的梅花已开。轻轻地一嗅，清香扑鼻。原来，春天就在这里。

有时我们以为世上最珍贵的事物一定不会唾手可得，它一定存在于不知地球上的哪个角落，我们必须历尽千难万险才能找到它。于是我们费尽心力去寻找，去探索，却不知道它一直在我们的周遭，只是时机未到，才没有显现出来。

当我们一心向外寻觅的时候，我们的眼睛就会一直盯着远方看，从而看不到身边的东西，于是我们和真正的幸福失之交臂。正如亲情、爱情、友情……这些看不到摸不到，其实却是我们最珍贵的宝藏。

也有一些人总以为得不到的才是最好的，于是他们宁可背井离乡，去追寻那挂在遥远天际的"梦想"。一旦有人劝他们回头，他们就会用"你们不懂我的远大抱负"一类的言辞为自己开解，然后甩一甩头，越跑越远。

忽略身边的幸福，结果只会丧失享受真正幸福的能力。努力去追求得不到的东西，结果只能是一无所获。若是如此，为何不回到当下，开启我们原有的宝库？

（三）

放下执念，活在当下，珍惜眼前的人和事，幸福会来得更容易。

也许你会觉得有些想法很重要，因为它们可以为你提供一些重要的东西，比如安抚你痛苦的感受，让你感觉生活中充满温暖；或给你注入一种能量，让你充满激情地面对生活；或给你一个希望，让你感觉生活中开满了多彩的花朵。

于是你越来越坚信它们是正确的,是应该存在的,是上天赐予你的礼物。你越来越不肯放手,让它们包裹着你的身体,越来越紧,直至让你的灵魂变得僵硬。

然而,那些一直影响着你的念头,那些听起来很真实、很有力的声音,真的为了你好吗?它们真的能让你幸福吗?当你认真聆听内心的声音时,会不会有一丝不安?会不会有一丝遗憾和不甘?

然而,真正的认真,却是活在当下,珍惜身边的每一个人,珍惜身边发生的每件事,而不是固执地抱着一些虚幻的想法不放。

每个人的生活都不是完美的,每个人一生都要面对许多取舍,若取的是浮夸,是虚荣,舍弃的是真心,是朴实,这个人在离世前,一定会心存遗憾,会悔恨,会心痛,会无法安心闭上双眼。

世界上的许多东西都如昙花般一现即逝,又如流星般一闪而过,如果不去珍惜,它们也许再也不会出现。与其在失去后再后悔,不如珍惜眼前的每一分幸福;与其在心爱之人离开后再悲泣,不如在他还在身边时多付出一份关怀和爱。

人生最遗憾的莫过于错把应该放弃的当成了应该坚持的,又错把应该坚持的当成了应该放弃的。

人生苦短,珍惜眼前的一切,不要给自己留下遗憾。

人世无常

来如春梦几多时，去似朝云无觅处

（一）

世上的人有许多种，不同的人有不同的经历，不同的人经历过不同的痛苦。有些人一生都被痛苦所折磨，虽然那些导致痛苦的事情早已烟消云散；有些人却能始终面带微笑，积极地生活着，虽然那些导致痛苦的事情刚刚过去不久。

数不清的人，数不清的心，数不清的经历，数不清的态度。有些开始相同，结局却不同，有些开始不同，结局却相同。

生活往往没有人们所期待得那么如意，一切都如人所愿，一帆风顺；生活也往往没有人们所想象得那么糟，一切都不遂人愿，一路坎坷。

能够拥有怎样的人生，取决于拥有怎样的心态。积极勇敢地去面对，围墙上的大洞也可以慢慢地被修补好；自怨自艾地破罐子破摔，细小的裂缝也会变成巨大的裂痕。

心大，事就小；心小，事就大。

如果我们放宽心，不把生活中的起起落落看得太重，我们就可以生活得坦然许多，就不会为了一些小事好些天愁眉不展，就不会因为得不到某样东西愤愤不已，就不会因为一时的失败而怨声载道。

如果我们放宽心，我们的生活就会很容易充满欢笑，就会很容易充满幸福，就会很容易布满阳光，就会很容易遇到想见到的人，就会很容易遇到好事。

平常心是人生必不可少的润滑剂，心情处于低谷时，一颗平常心可以带我们平静从容地走出谷底；漂荡于暴风雨中时，一颗平常心可以帮我们稳住船向，不受惊涛骇浪的侵袭；意外之财从天而降时，一颗平常心可以使我们看清局面，避免落入诱惑的陷阱；成功降临时，一颗平常心可以使我们保持冷静，避免得意忘形以至乐极生悲。

世界本是幻象，只因被人们加入了自我的情感，才会呈现出千种变化和万种风情。但是浮云终有一天会消散，当那天到来时，当人们看清了自己曾经执着的痛苦和幸福都只是浮云一片，自己却为之投入了那么多心血时，心中又作何感想？

不如用淡泊的心去看花开花败云卷云舒，过一种顺其自然的人生吧。

（二）

花非花，雾非雾，夜半来，天明去。
来如春梦几多时？去似朝云无觅处。

今日所见之花并非昨日那朵，今日所见之雾也并非昨日那场。半夜时分，它悄悄地来了，没有一丝声响；日出之时，它静静地走了，不留一丝痕迹。像是一场春梦，梦中所见之人之物，无论是美好的、伤感的，梦醒时分，它们都会悄然消失不见。无论你如何寻找，它们都不会再出现。

美丽的朝阳只存在于清晨，满树的桃花只开在初春。

夏季里的花草丛中，随处可见翩然飞舞的彩蝶、辛勤劳作的蜜蜂、嗡嗡恼人的蚊虫，然而一入深秋，它们就遍寻不到了。

细雨中的小路变得湿润，空气变得清新，然而一旦乌云散尽，太阳复出，城市里便不会再留下它曾来过的痕迹。

光明不是永恒的，若干小时之后黑暗就会笼罩整个大地；黑暗也不是永恒的，若干小时之后就会迎来美丽的黎明。

生活中，许多事，许多人，都如梦一场，梦醒后留下的只有迷蒙的感觉，却没有真实的痕迹。

今天陪在你身边的人，也许明日就会离开；今天与你一同欢笑的伙伴，也许明日就成了针锋相对的对手；今天伏在你肩头哭泣的人，也许明日见了你，却会当作不相识。

世上并非没有永恒，但永恒只存在于过去的时光里，只会在某一时、某一刻。正如照片中的容颜永远不会老去，而生活中人的容颜却会被岁月画上一道道的痕迹。

那些已发生过的事，已离开的人，它们在过去的时间里定格，并只存在于当时。

此时的你，不是你，此时的我，也不是我，此时的我们，亦不是我们。我们现在看到的每一个人，说的每一句话，都只属于现在，不属于过去，也不属于将来。

但凡看透了这一点，不再为求之而得的事物欣喜若狂，不再为求之不得的事物悲伤失落，不极喜，不极悲，人生哪里还会有什么烦恼可言？

（三）

其实，得失未必重要，自在才更舒心。不如顺其自然吧，保持一颗平常心，用平常心对待身边的人和事，你会发现幸福并没有想象中那么难。

人们常在生活中为求尽善尽美，绞尽脑汁，殚精竭虑，让自己疲惫不堪，头昏脑涨。一旦遇上复杂的情况和重大的事件，这种担心就更加强烈，甚至日不能寐，夜不能眠，食不下咽。最后导致自己发挥失常，连本该做得好的事都没能做好。

顺其自然，不是对挑战和困难置之不理，丧失追求，拒绝奋斗，而是让自己在遇到瓶颈时保持常态，用一颗平常心去面对，去努力。不去想必须如何如何，只用平时的心态去尽力做好。

顺其自然，不是不在乎成功和失败，而是不会因成功而沾沾自喜，也不会因失败而自暴自弃。在经历了潮起潮落之后，不会因看到花开而狂喜，亦不会因看到花落而伤悲。

顺其自然是不急功近利，不揠苗助长，不用一些特殊手段促使花儿提前盛开然后衰败。

顺其自然是一步一个脚印，耐心等待水滴石穿，畅饮水到渠成的甘泉；是待瓜熟蒂落后，才将果实收获。

顺其自然是不刻意追求不属于自己的东西，比如名利和权位。

顺其自然是做好自己应该做的事情，用平静的心态对待周围的一切，只支配自己能够支配的，比如兴趣，比如做人。

顺其自然是一种不经意、不在乎、无所谓的心境。它可以让躁动的心变得平静，可以让焦灼的心感受到清凉，可以让身心回到静寂的空间，慢慢孕育出一颗健康的种子，让它静静地生长。

顺其自然是一种心境，这种心境看似随意，平淡无奇，却能让人在无意中创造出许多伟大的奇迹。

纷扰皆空

言下忘言一时了,
梦中说梦两重虚

（一）

梦，是个神奇的东西，它虚幻，飘忽，摸不着，抓不住。

有些梦的情节清晰得无比真实，可以看清每个人的面孔，可以听清每个人的每句话，甚至可以清晰感受到一些感觉，让人怀疑这不是梦，而是亲身经历过的一段现实。

有些梦比较混乱，或是明明感觉自己在做梦，却怎么都无法让自己醒过来；或是好不容易挣扎着让自己从一个梦中醒过来，却发现自己还在梦中。那种感觉，实在复杂得让人难以用语言描述。

在梦中，人们可能经历许多未曾经历过的灾难，比如洪水滔天，比如山崩地裂；在梦中，人们可以尝试平日里做不到的事情，比如在天空中飞翔，比如在深海中呼吸；在梦中，人们可以大声地哭泣，不用在意别人的眼光；在梦中，人们可以任性地放任自己，不用担负任何的责任。

梦，有美梦，有噩梦。陷入美梦之中的人备感享受，舍不得清醒；陷入噩梦之中的人惊慌失措，拼命想逃离。

有些人在梦中执了心爱之人的手，见到了已故的至亲，醒后想要再次入梦，却再也寻不到那个人。于是心中暗悔，责怪自己不应该醒来。

有些人在梦中经历了至深的痛苦和惊吓，醒来的那一刻，脸上还带着泪痕。于是不由庆幸，还好只是个梦而已。

其实，我们会做梦，会梦见一些人，一些事，一些情节，只是因为，它们一直在我们的心里。

无论是美梦还是噩梦，都因为它们的短暂才变得有意义。那些我们所做的美梦，正因为它们的短暂，才会让我们依依不舍。那些我们所做的噩梦，也正因为它们的短暂，才让我们感受深刻。

（二）

若是梦无止境，生活便和梦融为了一体。听起来似乎是不可能的事，却也并非真的不可能。

有时，我们正在与人侃侃而谈，却突然之间不知道自己正在说的是什么；有时，我们以为我们从梦中醒来了，把梦中的情景讲给别人听，却不知这醒的过程和讲的过程，本身也只是一个梦。正如唐代著名诗人白居易的《读禅经》中所写："言下忘言一时了，梦中说梦两重虚。"

白居易晚年时喜欢研究佛法，他经常去拜访一些高僧，向他们求禅问道，并且依据佛法进行自省。这首诗，就是他结合自己所领悟到的禅意而作的。这两句诗中透出的禅意，其高深着实令人难以理解。

释迦牟尼佛一生讲经无数，然而他在总结自己一生的讲经说法时却说，他一个字都没有说过。这样的境界便是"言下忘言一时了"。说出的话，讲过的经，都是由人口而出的，其实，说即是没说。

须知诸相皆非相，若住无余却有余。
言下忘言一时了，梦中说梦两重虚。

空花岂得兼求果，阳焰如何更觅鱼。
摄动是禅禅是动，不禅不动即如如。

我们平日里看到的，即便有形有象，却也只是我们看到它们时，它们才呈现出的样子。当我们没有看着它们的时候，它们还会是我们看到的那个样子吗？

许多纷扰着我们的东西，往往并不是真实存在的。我们的担心，都是源自我们的内心，我们会看到一些让我们痛苦的事物，其实都是我们内心的投射。

梦也同样是我们内心的投射，我们每日担心的事，惦念的人，都会在我们入梦时出现，或以他们原来的身份和形象，让我们一见便知，或以另一种身份和形象，让我们一时之间无法识别出来。

我们时常抬头仰视别人的欢乐，却没有看到别人承受过的痛苦；站在原地羡慕别人的幸福，却没有看到别人曾向着幸福一步一步迈出的脚步。

别人的幸福和我们的不幸，都只是我们内心生出的幻象。这些幻象吞噬着我们的内心，让我们焦虑，失去了内心的平静，失去了享受生活的能力。即使明知焦虑不能解决任何问题，却还是控制不住自己。

有些让我们为之烦恼的事情，我们想或不想，它们都在那里。若是不强求，不失望，平平静静，波澜不惊，又何尝不是一种幸福？

（三）

我们的胡思妄想，不过是梦中之梦，它们都是虚妄不实的，不需执着其中。

人们通常只把睡觉时经历的那些称为梦，却忽略了梦不仅仅存在于睡眠世界里，很多时候，看似清醒的人也在做梦，并且这梦比睡眠时的梦更长，更深，更让人难以醒来。

其实，人生就是一场梦，区别只是有的人知道这是梦，有的人不知道，有的人不断在一个梦中编织着更多的梦，让自己在一个又一个梦中穿梭。明明已经累了，却还假装自己过得很充实。有的人不停地想要闯入别人的梦，却每一次都被外面的屏障弹了回来。

人生如梦。哪些是真，哪些是梦，又有几人分得清？一切的一切，都会成为过眼云烟，淡化了就没有了，时间过了，就不再发生。

人生如梦，没有人能逃脱，没有人能改变。很多事在我们还没有来得及反应的时候就成为了旧事，很多人在我们还没来得及了解的时候就已经离开。

一生中要经历多少风云变化，沧桑起伏，怕是没有人能清晰地一一列举出来。许多记忆都变得像是做过的梦，在时光的长河中渐渐流逝，渐渐变淡。很多曾在心里留下的伤痕，到了弥留之迹，都突然间变得无关紧要了。

人生一场空如梦，来也空空，去也空空。正如我们每个人都是赤条条地来，赤条条地走。来时，我们除了这个身体，什么都没有带来；走时，我们却连这个身体都带不走。

时间如沙漏，终究会流失得无影无踪，一切的一切总是过得太快。所以，何必为了身边正在发生的事纠结万分，何必为了早晚会失去的那些东西劳心伤神，何必对早晚会离开的人那么严肃，伤了彼此的感情？

人生如梦，惜在于人。好好珍惜每个今天，珍惜身边的人，珍惜自己，足矣。

第三辑

灵动·一草一天堂

生命之泉

一条藤径绿，万点雪峰晴

（一）

人生如潮水，有涨有落；人生如浮云，有散有聚；人生如红日，有升有降。

我们的生活中充满了无数意想不到的惊喜和打击。有什么最容易让我们失去希望？有什么最容易让我们感到绝望？又有什么最容易让我们对自己失去信心？

是失败。失败是一堵用纸糊成的高墙，看似坚固，却一触即破；失败是一条看似很深其实很浅的小河，只有踏进去，才会知道它的肤浅；失败是一间用薄冰制成的牢笼，只有打碎它，才会知道它根本无法囚禁自己。

有谁一生中没经历过几次失败？失败没什么可怕，可怕的是失败后的消沉，是失败后对自我的完全否定，是失败后再也没有勇气打起精神重新来过。

每个人在学步的过程中都有过无数次的跌倒，然而无论跌倒过多少次，只要在跌倒后能够勇敢地爬起来，再迈步向前，就一定有学会走路的那一天。

若是害怕疼痛，一蹶不振，趴在地上不肯起身，或一直依赖家人的扶持或支撑，不要说独立行走，即使是站立起来，也是不可能的事情。

行走在同一条路上的人，有一些人虽然磕磕绊绊地走了一路，受了许多伤，但是当他们到达终点后，就会发现那些伤口都自己愈合了；有一些人中途遇到了阻碍，便心生气馁，转身离开，再也没有回来，于是他们永远不知道，终点的风景有多么美。

生活中总是充满了磨砺，让人一次又一次接受失败的考验，只为了让我们学会勇敢和坚强。如果我们在应当努力奋斗拼搏的年纪，因为惧怕受伤而选择了逃避，或因为惧怕再次失败而自甘堕落，浪费我们的年华，那将会是多大的悲哀。

充满挑战，充满失败，充满苦难，充满失望，这便是人生。只有拥有跌倒后再爬起来的坚强，拥有面对失败却永不言弃的坚韧，才会让人生变得更加充实，更加丰富多彩。

（二）

每个人一生中都会遇到不止一两次的失败，也许是感情上的，也许是学业上的，也许是事业上的，也许是人际关系上的，也许是其他方面的。

即便是遭受一次又一次的失败，即便是身陷伸手不见五指的漆黑谷底，只要不轻易放弃，就有重上云霄的机会。

李白在《冬日归旧山》中写道：

> 未洗染尘缨，归来芳草平。一条藤径绿，万点雪峰晴。
> 地冷叶先尽，谷寒云不行。嫩篁侵舍密，古树倒江横。
> 白犬离村吠，苍苔壁上生。穿厨孤雉过，临屋旧猿鸣。

木落禽巢在，篱疏兽路成。拂床苍鼠走，倒箧素鱼惊。

洗砚修良策，敲松拟素贞。此时重一去，去合到三清。

那一年，李白先后两次投刺不中，心生失落，在隐居一段时间之后，他去了成、渝等地游玩。他走过了许多名山，看过了许多大川，当他回来时，旧居由于长期无人打理，墙壁上已布满了苔藓，篱笆在风吹雨打中破旧不堪。在寒冬中，一些禽兽误认为这里是处荒舍，于是把这里当成了它们的家。

这样的情景让李白心生惆怅，突然间，他感到自己不应该再这样消沉下去，一种想要重新振作的情绪从心中萌发。虽然对隐居读书的生活还有不舍，但他还是决定告别这种生活，重新向着自己的远大抱负努力。于是他怀着这样的心情作了此诗。

一个人若是在遭遇过失败的打击后转身逃避，或将自己紧锁在自己的小小世界中，再也不肯迈出一步，只会延长失败的时效和效力，让自己日渐懦弱，日渐悲观，日渐绝望，最后彻底让自己变得消极颓废，变得无力。

勇敢地从失败的抑郁中走出来，让心中充满阳光，努力下去，总会迎来美丽的人生。

（三）

我们失败的时候，总会有人告诉我们，要勇敢振作，从头再来。我们也会劝自己不要害怕失败，然而同时，心中却有另一个声音在提醒着我们，失败有多痛。那声音带着诱惑，像是从地狱中传来的呼唤，让我们感到无比恐惧和阴冷。

想到之前的失败留下的痛，想到再次失败时可能承受的嘲笑，想到再次失败时可能变得一无所有，想到再次失败时可能面临的各种数不清的责备，心中的希望之光就越来越黯淡。当那点光彻底熄灭时，我们会彻底被打垮，也会听见一阵不知来自哪里的坏笑声。

面对失败，打起精神，从头再来，是一种勇敢，是一种坦然，是一种顽强。

勇敢的人不会自暴自弃，坦然的人能够直面失败，顽强的人会在打击面前昂首挺胸。他们不会怨天尤人，不会埋怨生活的不公，不会抱怨时运的不济，他们只会勇敢地面对已经失败的过去，然后更勇敢地面对未知的将来。

不气馁，不沮丧，不服输，不低头。当我们足够勇敢的时候，失败就成了落入大海的一颗沙砾，无法在我们心中掀起任何涟漪。

罗曼·罗兰说过有勇气从头再来的人，是你决不能忽视的对手。那些能够从头再来的人是生活中的强者，他们越挫越勇。

失败让我们的内心渐渐变得成熟，它让我们学会总结，在总结中发现自己的弱势，然后日渐变得强大；它让我们学会反思，在反思中发现自己缺少的东西，然后日渐完善我们的性格。

失败就像成功的侍卫，为了确定我们是否有资格获得成功，他们兢兢业业地守卫着成功周围的每一寸土地，并在我们前进的道路上设下了一个又一个关卡。若是我们退步，他们就更加向前逼近，若我们坚持，它们反而会给我们让出道路。

成功的秘诀是永不放弃。当我们遇到失败时，微笑着向它打个招呼；当我们被它们绊倒时，勇敢地站起来，从它身上踏过去。

只要我们敢于从头再来，便会如浴火重生的凤凰，拥有闪耀的羽翼，绽放出耀眼的光芒。

心存美好

空山新雨后，天气晚来秋

（一）

鱼儿渴望清水，花儿渴望阳光，鸟儿渴望蓝天，树木渴望营养。在这个世界上，每一个人都拥有对美好的渴望。

美好的生活可以令人充满希望，美好的景色可以令人心情舒畅，美好的心灵可以令人感到温暖。

然而，如今，很多人常常抱怨，美好的事物越来越少，美好的景色越来越少，美好的心灵越来越少，仿佛我们生活的世界中充满了阴暗和灰蒙蒙的色调。

事实上，生活中并不缺少美好。美好无处不在，我们看不到它，感受不到它，并不是因为它抛弃了我们，而是因为我们失去了感受美好的能力。

我们的眼睛被物质所蒙蔽，所以看不清美好的光芒；我们的心被太多外在的杂物包裹，所以感受不到美好的存在；我们的脚步一天天加快，所以错过了欣赏美好的机会。

很多时候，我们的负面情绪也会成为我们发现美好的阻碍。当我们抱怨生活的不公时，我们只会关注自己所受到的委屈，纵使身边有一朵美丽的小花正在开放，我们也会视而不见；当我们对周围的人产生忌妒时，我们只会关注他人所拥有的幸福，纵使身边有一个人正在全心全意地关心我们，我们也会感觉不到；当我们匆忙地奔走在追求某种利益的路途上时，我们只会关注自己的速度是否够快，纵使身边有无数美好的事物，我们也会无暇顾及。

而当我们把心放开，把心态放平缓，把行走的速度放慢时，它就会自然而然地出现在我们的生活中了。

（二）

美无处不在，以写山水诗而著名的诗人王维，在《山居秋暝》中向我们展示了一幅美丽的画面。全诗不仅描写了自然的美丽和生活的悠闲，同时也表现了山中居民与世无争的生活和淳朴的民风。

> 空山新雨后，天气晚来秋。
> 明月松间照，清泉石上流。
> 竹喧归浣女，莲动下渔舟。
> 随意春芳歇，王孙自可留。

山间的一场新雨洗尽了树上的浮尘，让枝叶看起来更加青翠。幽静的山谷中弥漫着清新的空气，轻轻吸一口，醉人心脾。夜幕降临，微凉的风拂过，让秋天的气息越来越浓。

皎洁的月光透过松针的空隙，稀稀落落地洒满了地。清澈的泉水在山中欢快地奔跑，但凡它经过的地方，都透着一种清秀的感觉。

若远处的竹林里传来阵阵欢声笑语，那必是洗衣姑娘归来了。若满池莲蓬微微地不停地摇动着，那必是有打鱼的人，在水中撒了渔网。

在这样的景色之中，即使春日的芳菲已经散尽，也依然可以吸引许多爱生活、爱自然、爱幽静的人想要停留其中。

王维的诗歌一向具有"诗中有画，画中有诗"的特点，这首诗向我们描绘了刚刚下过秋雨的山中那旖旎的风光和山民们的生活状态，让我们感受到诗人对隐居山水田园的生活的满足和热爱。

在雨后的空山中，诗人没有感到丝毫孤独，没有感到丝毫寂寞，没有感到丝毫沉寂。他感受到的是生机，是活力，是质朴无华的民风，是妙趣横生的生活。

数种美好的事物和景象完美和谐地融合在一起，好像一幅清新秀丽的山水画，让读者有种身临其境的感觉。若不是拥有欣赏美的心情，又怎么能把这种美好表达得淋漓尽致？

（三）

想要拥有美好的生活，就要有一双善于发现美好的眼睛和一颗情感细腻的心。

不懂得发现美好的人，只会看到乌云满天，暴雨大作，却看不到那青草正因天降甘霖变得更加翠绿。

不懂得发现美好的人，只会看到被茧紧紧包裹的青虫有多么辛苦，却看不到它即将迎来的变化会令所有人惊叹。

不懂得发现美好的人，只会看到茅屋陋室和家徒四壁，却看不到夫妻间举案齐眉，一家人其乐融融的幸福。

不懂得发现美好的人，只会关注自己的不幸福，忽略自己拥有的幸福；只会在意自己不曾拥有的东西，却看不到自己拥有的其实已经很多。

只要有一双善于发现美好的眼睛，生活中的美好便随处可见。

那蔚蓝天空中的云朵，有的像骏马奔驰，有的像鱼儿嬉戏；看花间翩翩起舞的蝴蝶，身姿是如此轻盈，舞步是如此欢快；听风儿拂过树叶发出的声响，像轻轻的交谈，像柔柔的音乐，像细细的诉说。

这些，不都是美好的景致吗？

可见的美好比较容易被人发觉，那些隐藏在一扇扇大门之后的美好，便不那么容易被人们看见了。想要发现它们，必定要拥有打开它们的钥匙，而这钥匙就是拥有情感细腻的心。

所有的艺术家都善于发现美，所以才会产生许多经久不衰的绝世佳作。诗人若没有情感细腻的心，就无法发现生活中的美好细节，写出优美的诗句；画家若没有情感细腻的心，就无法看到生活中的美好事物，绘出美丽的作品。

用心感悟，才能从生活中的各种小事中发现美的存在，才能把平淡如水的日子过得有滋有味，才能让生活中充满喜悦，才能让内心不再感到空虚和寂寞。

心中有美好，生活就会变得越来越美好。善于发现美好，才能真正地享受生活。

境随心转
何意百炼钢，化为绕指柔

（一）

人们常言，"心随境转"，意为环境会对人的内心产生影响，进而改变一个人的内心世界。所谓"近朱者赤，近墨者黑"，孟母为子三迁皆为这个缘由。

身处百花丛中，终日嗅到花朵的芬芳，心中便满是花蜜般清甜；身处地牢之中，终年不见天日，心中便时常产生阴郁的情绪。可见，环境对人的影响不容小视。

"境"不仅指环境，也指境遇。于是，人们为自己的行为找到了理由，将自己种种不幸的境遇归结于外界的环境，认为一事无成是因为生不逢时，不能出头是因为世无伯乐，情路坎坷是因为世人无情。

于是，人们习惯了推诿责任，把自己的错都推给了环境，仿佛自己是一根白色的粉笔，而生活的环境是一潭污水，掉进去，便被污染了，从外到内，无一处幸免。

然而，人们忽略了一件事，心虽会随境转，境却也可以随心转。

若是一个人一向待人友善，乐于助人，将自己的热情四处扩散，被他友善对待的人，必然也会友善待他，被他帮助的人，必然也会在他受困之时伸出援手。

若是一个人待人冷漠无情，对人恶语相向，处处与人针锋相对，周围的人自然也会用同样的态度对待他，他的处境自然也会很悲惨。

一个乐观的人，会时刻让自己保持好心情，积极乐观地面对每一件事，即使遇到困难，也只是淡然一笑而过，不会怨天尤人。这样的人会很快走出眼前的困境，迎来光明。

周身散发着祥和之光的人，能够给身边的人带去温暖和希望。常和这样的人在一起，内心也会被积极乐观的情绪充满，渐渐变得和他们一样，周身散发着温暖的光芒。

这，便是"境随心转"。

（二）

"何意百炼钢，化为绕指柔。"两句诗出自刘琨的《重赠卢谌》。当时，刘琨在并州军事失利，无奈之下决定投奔段匹磾。然而，令他没有想到的是，他的儿子竟然得罪了段匹磾，段匹磾一怒之下将他判了死刑，投入了大牢。

身陷牢狱的刘琨知道自己再无生还的可能，却仍不甘心就这样葬身狱中，于是他抱着最后一丝希望写下了这首诗歌，既吐露了自己的心声，又表达了对友人的劝勉，希望友人能读懂诗中的含义，救自己出困境，与自己共展大业。

刘琨在诗里引用了一系列历史典故，只为表白自己一心想要报国却不得志的无奈和惋惜。

握中有悬璧，本自荆山璆。
惟彼太公望，昔在渭滨叟。

第三辑
灵动·一草一天堂

　　邓生何感激，千里来相求。
　　白登幸曲逆，鸿门赖留侯。
　　重耳任五贤，小白相射钩。
　　苟能隆二伯，安问党与雠？
　　中夜抚枕叹，想与数子游。
　　吾衰久矣夫，何其不梦周？
　　谁云圣达节，知命故不忧。
　　宣尼悲获麟，西狩涕孔丘。
　　功业未及建，夕阳忽西流。
　　时哉不我与，去乎若云浮。
　　未实陨劲风，繁英落素秋。
　　狭路倾华盖，骇驷摧双辀。
　　何意百炼刚，化为绕指柔。

　　曾在沙场上叱咤风云的人，如今面对死亡，却毫无反抗之力，成了与其他人一样软弱无能的人，这让刘琨感到无比无奈和心酸。从诗的最后两句中，我们仿佛看到诗人突然之间从一名威武的大将变成了一名形如枯槁的老者。

　　如果一个人对生活没有了希望，那么他的生活必将从此一片灰暗，他的人也将如行尸走肉一般。这样的生活，想必是索然无味，甚至是生不如死的。

　　希望是一支火把，可以照亮生活中的黑暗，可以让在黑夜中行走的人找到继续前进的方向。希望是一把宝剑，可以划破捆绑在身上的绳索，可以劈开挡在面前的巨石。

　　没了希望的人会食不知味，即使山珍海味也如同嚼蜡；没了希望的人看到的一切都是灰的，在他们眼中，身边的花红柳绿不过是灰色的条纹；没了希望的人会失去对美好事物的感知，身处闹市也会感觉如在冰窟般寒冷。这便是"境随心转"。

（三）

　　境随心转则悦，心随境转则烦。

　　我们若是让自己的心境受到外界环境的影响和控制，就会时常为了一些事烦心，为了一些人烦心，以至做出一些我们本不愿意做的事情。

　　相反的，如果我们让心境决定外界的环境，无论外界的环境如何，只要我们的心境是平静的，就没有人或事能够主宰我们的生活。

　　有些事情每天都在发生，我们每天都在经历，为什么只偏偏在某一时刻感觉特别强烈，特别痛苦？当我们仔细追溯让我们烦躁的根源，就会发现，真正影响我们心情的并不是这些事情，而是我们自己的心境。

　　心境对我们的影响会持续很久，也许几天，也许几个月，也许几年，也许一辈子。

　　我们虽然不能改变周围的环境，却可以改变我们的心境。一旦心境变了，有些事就不会让我们感到困扰和烦恼，有些人就不会让我们感到受伤。

　　情绪可以传染，心境亦然。

　　当我们能够让自己的心境远离是是非非，时时保持平静，不受环境的影响，我们就不会因为一些小误会而大怒，也不会因为别人的无意冒犯而暴跳如雷。

　　当我们能够宽容、理性地对待身边的人，耐心地与人沟通，许多冲突和矛盾便能够得到化解，这个世界上也就不会产生那么多暴戾之气。

　　有些人羡慕出家人的平和之心，认为他们能够拥有平和的心境，是因他们的住所依山傍水，山明水秀，充满灵气。其实，只有当人心境纯粹时，环境才会变得洁净。

第三辑
灵动·一草一天堂

若是一群真诚、清净、慈悲的人居住在同一个地方，每日朝夕相对，和睦相处，这个地方也会慢慢变得清净，充满安静与祥和。所谓"福人居福地，福地福人居"便是这个道理。

反之，若是一群心存怨恨，内心险恶的人居住在一起，即使原本安静祥和的地方也会变得污浊不堪。

心境可以改变外界环境，当我们无法摆脱一种环境时，不如换一种心境去看它，"心随境转"，当我们转换了心境后，我们会发现，同样的环境也不再让人感到难熬了。

怅然徘徊

幽人应未眠，空山松子落，

（一）

佛说，前世五百次的回眸才换来今世的擦身而过。我们生活在城市中，每天都要与许多人擦肩。城市变得越来越拥挤，我们经过的人越来越多，能够彼此驻足相视的却越来越少。

很多人，从我们身边经过一次，还没来得及看见样貌，便再也不会出现；很多人，每天都会从我们身边经过，却仍然未曾看清对方的样貌；很多人，看见了样貌，还没来得及请教姓名便匆匆而过；很多人，虽然每天都会相视而笑，却一直没有在生活中相交。

楼房越来越高大，生活的空间却越来越小，水泥打造的房间，钢铁打造的大门，防护栏封闭的窗口，让我们成了笼中的宠物。两点一线的路程，成了我们每天生活的重心。

儿时的好友渐渐地远离，各自投入到新的生活中。相册中的照片褪了颜色，日记里的字迹变得模糊不清。那年幼时的纯真的情谊，也被时间的长河冲刷得淡了许多。

面对镜子的时候，镜中的人看起来那么陌生。夜深人静时，想要回忆过去，却发现通往记忆的大门已经上了锁。那锁又大又重，锁孔里堵满了铁锈。

生活越来越忙碌，心却越来越孤独。渴望有人陪伴，却无法打开心房。成熟了，在乎的东西便多了。长大后的人们，抛却了那份单纯的情谊，抛却了一起玩耍的兴致，抛却了不分你我的距离。

不知何时起，朋友之间的感情发生了变化，关系发生了变化，距离发生了变化。

手机电话簿里有上百个号码，想要倾诉时，却没有一个可以拨打；QQ好友里十几个分组，成百上千的好友，想要闲谈，却没有一个能够交谈。只有在过年才会收到的短信，电话里简单的客套，聊天框里微笑的表情和"呵呵"……大家都变忙了，忙得连寒暄的时间都没有，又哪里有时间谈心。

当朋友渐渐变得陌生和疏远，当朋友间不再直言不讳、无话不谈，心也变得越来越孤单。

（二）

怀君属秋夜，散步咏凉天。
空山松子落，幽人应未眠。

这首诗是唐代诗人韦应物为他的好朋友"丘员外"丘丹所作，名为《秋夜寄丘员外》。当时，丘丹正在山中修道，诗的前两句写了诗人自己，是写实，后两句写了诗人心系之人，是想象。

深秋的夜里，天已经有些凉了，诗人一边散步，一边吟着诗。抬起头，一轮明月当空，皎洁的月光如水，让人不禁心神荡漾。

如此的良辰美景让诗人倍加思念远方的友人，很想知道那个与自己心意相投的人如今正在做什么。

如今已是秋天了，他那边寂静无人的空山中，是否能听得见松子落在地上的声音？若是听得见，那"吧嗒""吧嗒"的声音一定也会让他感到深山的空寂吧。

若是他还没有睡，也和自己一样，正在赏着这一轮明月就好了。想到这里，诗人的脸上浮现出淡淡的微笑，笑中透着满足和期望。

喧嚣的尘世里，每个人都希望拥有一片净土，能让自己在其中彻底地放松，自由地呼吸。这一片净土，若是一人独享，固然是好的，但若是有一知己与自己同享，那便是极好的。

孤身一人，再美的风景都感觉缺少了些什么。当心中有种感受希望有人与自己共享的时候，当心中有种情绪无处释放，希望有人理解的时候，这种感觉就更加强烈了。

朋友难遇，知己更难得。能够一起吃喝玩乐的人，只能称之为朋友；能够针对共同的兴趣进行交流的人，是知音；那种能够在灵魂上产生共鸣，你不说，我却懂的人，才是知己。

诗人和丘丹便是知己，他们拥有相同的品位和追求，他们的交流是精神层面的，他们的感情是纯粹的、真挚的。正是因为如此，他们才可以无视遥远的距离，无视时间和空间，用心交流。

（三）

知己像一棵树，挺拔而立，在我们的内心平添了一份依靠；知己像一朵花，散发幽香，为我们的人生增添了一丝温馨。

当我们感到压抑和烦恼的时候，我们总会期望有一个懂我们的人陪在我们身旁，即使他一言不发，只是用温柔的眼神看着我们；即使他什么都不做，只是静静地坐在我们身边，让我们靠在他的肩膀。若是此时，他诚恳地说一句"我懂"，眼泪便会一发而不可收了。

士为知己者死，女为悦己者容。然而千金易得、知己难求。何况，连我们自己都不一定完全明白自己的心，又如何去奢望有一个懂我们的人？

　　但是我们还是在期望，期望有一个能够理解自己的人，穿过层层虚张声势的防线，走进自己内心的秘密花园，与自己喝一个轻松的下午茶。

　　知己之间没有秘密。我们不需说出内心的不安和困惑，也不需反复思量如何将自己的情感表达出来；我们不需强行剖开心底最痛的伤疤，也不需刻意隐瞒。只要一个眼神，他们就会了解，只要一个叹息，他们就会明白。

　　知己之间不需要花言巧语，可以无话不谈；知己之间不需要悉心装扮，可以素颜以对。他能够接受我们的瑕疵，能够接受我们平日里不会对其他人展示的一面。

　　知己之间没有占有，只有牵肠挂肚；没有要求，只有默默奉献。

　　知己，或许永远不会介入我们的生活，只是在一个角落静静地守候着属于我们的那片天空。他们不会与我们整日相伴，却会在我们需要时，聆听我们的心声，慰藉我们的失意，开解我们，抚慰我们。

　　知己会给我们一种长久的感动，有他在，便会产生一种"天地之间有一人与我相伴足矣"的情感。即使相隔千山万水，甚至永不再见，那份理解，那份信任，仍然会绵延不息地存在于我们心中。

　　心存知己，便不再孤单。

拈花微笑

> 触处似花开，春雪满空来，

（一）

初春到来，一场又一场春雪降临在这座城市里。雪花片片飘落，静静地，无声无息。

天空中的雪花纷纷扬扬，像是积攒了多年的情怀，一并从盒子中倒出，洋洋洒洒，写在地上，不止几千万文字。它写满大街小巷，有灰心也有希望。由多年来的情感融化，点滴中包含着已逝去的年华。衰退的黑暗和未到的光明，音乐在辞藻中浮现，像海市蜃楼般美丽，时而清晰，时而迷蒙。

满城风雪的日子，满城的思绪飞扬。伴着雪花飞舞，像梦一般轻美，像玉一般易碎，像水晶一般清澈，像海一样起伏不定。只为这一场雪又引发了太多的回忆，太多的曾经，太多太多。冰封的往事也暂时化开，此刻的寒冷，片刻的宁静。

雪，蒙蒙地飘散，像一场迷离的雾。独立在雪中，竟模糊了自己的样子。

雪轻盈地飞舞，在天空中不断变换着身姿，最后终究是落在地上，归了尘土。地上积起了薄薄的一层，一旦有人走过，就会沾在鞋底，最后变成泥水，印在干燥的走廊地面，印在每家门前的擦鞋布上，除此之外，留不下什么。

雪渐渐地大了，风渐渐地猛了。窗上结了冰，屋里的人看不清窗外，窗外的人看不清屋里。屋里屋外，被隔成了两个完全封闭的世界。唯一能穿过的，就是那并不十分明亮的光。

玻璃上贴的，像是窗花；枝头上积的，像是梨花。站在街上，风划过脸，带来的只有冰凉的感觉，雪花落在脸上，然后悄悄地化开，没有刀割般的疼痛。

咖啡色的天空，苦苦的，撒上洁白的伴侣，便散发出一丝浓香。幽幽地入梦，入境，抛却真实的世界，是天堂，在远方。有谁，在空中轻轻歌唱？

（二）

春雪满空来，触处似花开。
不知园里树，若个是真梅。

初春的雪，总会让人不自觉产生一些情绪，类似怀念，类似忧伤，类似多情，类似惆怅，却又哪一种都不全是。

悲观的人在雪中追忆过去的失去，悄然心痛、落泪。

乐观的人在雪中畅想美好的未来，心怀喜悦、欣赏。

那一片片雪花洁白无瑕，所到之处都恍如盛开着白色的花朵一般。其实，真花如何，假花又如何？

花会开，也会谢，雪会堆积，也会融化。既然都不是永恒的，那么当我们赏雪赏花时，只要心中充满了祥和、宁静、安闲、美妙的心境，又何必去在意它究竟是什么？

花的存在丰富了人类的精神世界，同时也诠释了特殊的意义。花可以象征一片净土，它的清净、柔软、美丽、芬芳还可以被用来代表虔诚的心。

在佛教中有一个关于释迦牟尼拈花示众的传说，有人猜测，佛祖也许突然由花想到一种"参悟"的法门，于是拈花一朵，想以此测试弟子中是否有人能够领悟其中的深意。当他看到摩诃迦叶的微笑时，知道迦叶懂了自己心中所思，于是将"不立文字，教外别传"的法门传给了迦叶，由迦叶开创了禅宗这一宗派。

至此，人们提及"拈花微笑"，便意味着两层境界：一是对禅理有了透彻的理解，正如迦叶参透了拈花之意，并创立了禅宗；二是心领神会、心意相通，正如迦叶从佛祖的一个动作中领会到禅意，而佛祖从迦叶的一个微笑中便知晓他已领悟。

拈花微笑其实是一种境界。当一个人站在一处，拈花不语，静看世间一切时，那种心境便是超然于世的，这种心境只能意会而不能言传。而当另一个人领会了他的心境，便是我们常说的心心相印、心有灵犀一点通了。

（三）

花与禅，总是有着密切的联系。

花中透着一种禅定。年复一年，它们静静地开了，又静静地谢了，从未在意过人们的眼光，也从未在意过人们的评价。虽然它们的生命短暂而脆弱，却在短暂的生命中看透了世间的沧桑。

花中透着一种精进。世间的沧桑并没有让它们心生倦意。次年再展容颜时，仍然用最美的容颜面对着人们，仍然释放着沁人心脾的芳香，并在死后化作养料，融入土壤，滋润其他的植物。

花中透着一种布施。无论人们怎样对待它们，它们都从不吝啬地向人们展现美好，而不要求获得怎样的关照。即使人们将它们摘下，待到美艳尽失后再弃之污浊之地，它们也仍然保持从容。

花中映着一个世界。每一种花有它固定的开放时节和地域，它们会安安静静地待在自己的小天地，不会侵犯其他植物的生存空间，也不会任性地为了看一眼不同时节的景色，绽放在不适宜的时节。

花中透着一种忍辱。在绽放之前，必定要在泥土中忍受寂寞和冷清，黑暗和潮湿。待到绽放之时，还要承受风霜雨雪的侵袭，承受飞虫的打扰。

花中透着一种般若。世上有万千种花，每一种花都有它们自己的魅力和芬芳，每一种花都有它们自己的智慧，这种智慧让它们在自然界中安然地生存下来。

花中所表露的禅意，是自然的，是质朴的。从花中，我们看到了这个世界，领悟到了人生的点滴。

时光辗转

灯下草虫鸣，雨中山果落，

（一）

世界对着它的爱人，把它浩瀚的面具摘下了。

雨中山果落，灯下草虫鸣。

山果包含着春夏秋冬的时间，那是树的情感、树的经历的缩影。一棵树的一生，就这样浓缩在了小小的山果里，看得清楚、明白。

草虫鸣叫着草树云天的风韵，那是它的情感，它对世界的爱恋。一只虫的一生，就这样浓缩在了声声的鸣叫里，听得豁达、开朗。

灯光映射出爱恨悲欢的气息，那是人的情感，人生沧桑的映照。一个人的一生，就这样浓缩在了缕缕的灯光里，照得通透、漂亮。

山果、虫鸣、灯光，还有一切的基调——大自然中的雨。雨代表着这一切的基调，是它敲打着山果，是它淋湿了草虫，于是，人的心境，也浸泡在其中了。

山果落地，并非悄然的；草虫鸣叫，亦非安静的；灯烛燃烧，也非寂寞的。声音震撼了诗人的心灵，诗人就能发出心底深处的声音，这声音正如这些声音一样细微。

时光流转，岁月蹉跎，时间在世界的浩瀚里前行，世界却对着它的爱人，轻轻地揭下了它浩瀚的面具，把那浩瀚放在了微小的世界万物中，还有相应的真相。

古人云，见一叶而知秋。

而知天下秋。

浩瀚的秋，其实就这样凝聚在一叶之中。

山果、草虫、灯光、雨丝，无一不是如此。

时光流转，就这样凝在了世间万物中，连同它的浩瀚。

（二）

> 独坐悲双鬓，空堂欲二更。
> 雨中山果落，灯下草虫鸣。
> 白发终难变，黄金不可成。
> 欲知除老病，唯有学无生。

在一个深秋的雨夜，四周空无一人，诗人独坐在寂静清冷的中堂之上，眼观鼻，鼻观心，如是沉思着。看上去，诗人仿佛脱离了尘世，独自端详着世界的本质，实际上诗人更多的是在人生苦短的悲哀中沉沦。

山果、草虫、灯光、雨丝，无一不凝聚着诗人的心，诗人的情，诗人的泪，在诗人的眼里展现着世界的美好，世界的生气，世界的秘密。诗人从这里悟到了深沉的哲理。

他的冥思，为的是寻求那一番救世之道。他清楚地看到自己生命的流逝，用尽修行的手段却不能长生；夜已二更，新的一天又将开始，时光就这样迅速地消逝而无法挽留。这平淡的事实却使他感到深切的无力和苍茫的悲哀。

除了诗人之外，四野黑暗茫茫，寂寥无人。堂上一支灯烛即将燃尽，屋外仅仅听见单调的雨声。他静心沉思，听得见山果落地的声响，从而明了世界的本质；他举目观烛，却意外收获草虫的鸣声。于是诗人便发现这细小的草木昆虫同行走的人一样，都在时光流转中消逝不见，并为此而哀鸣。

诗人本想就人生的短暂和长生的虚幻进行探讨，却意外收获世界的本质。人，从出生到衰老而后死亡的过程是谁也无法干涉的。这过程仅仅是世界那浩瀚的进程中的一部分。诗人由衷地感叹着"黄金不可成"，一针见血地指出从修行中祈求长生的虚妄。

佛教讲究灭寂的概念，是要求人自行从心中根除七情六欲，叫作"无生"。如果真能做到，便不仅能够根除死亡衰老的痛苦和悲哀，其余一切的人生苦恼也都不见了。但这仅仅是理想上的乌托邦。世界的进程是无可抗拒的，宗教却能够使人更加愉悦地参与到世界中去。

（三）

一花一世界，一叶一菩提。

世界的浩瀚，只是一层面具。面具下，就是世界的本质。

世人匆匆走过的戏台，只是世界早已为我们安排好的，若是没有观看，便无法感知世界的真相。

世界其实早已细微地凝在每一个角落里，以无声的方式向我们展示着浩瀚面具下的真相。那细细的时光之线，随着时间的前进而前进、成长、成熟、更新。这才是世界的本质。

山果随着时间的前进而渐渐成熟，树竭尽心力，于是便成功了。世界给予它浩瀚的一部分，还有相应的真相。雨随着时间的前进而渐渐结束，云挥洒生命，于是便清爽了。世界给予它的浩瀚，沁入大地。草虫随着时间的前进而渐渐消亡，它只能奋力歌唱。人随着时间的前进而渐渐老去，他只能欣然而安。

时光流转啊，在世间万物里静静地展示着，静静地前行着。

世界把它浩瀚的面具戴在万物的身上，万物默默地组成了世界的一部分，静静地随着世界的前行而前行，随着时间的前行而前行。

时光流转，荏苒前进，这就是世界的本质。

将心比心，以心换心。想要别人对我们真诚，我们便要先对别人真诚；想要别人对我们微笑，我们便先要对别人微笑；若是想让世界爱我们，我们先要爱这个世界。

当我们对这个世界冷漠，排斥着这个世界中的种种，世界也会用一张冷漠的面孔面对我们；当我们默默地感知着这个世界时，世界便会在我们面前摘下面具，坦露它的心声。

春日易逝

> 红了樱桃，绿了芭蕉，
> 流光容易把人抛，

（一）

乍暖还寒的早春常常让人们忽略了春的到来，没人注意到它正与凛冽的西风拉扯，努力抵制着寒潮。

当最后一片积雪融化，早春宛如一位害羞的姑娘，悄悄地来到了我们身边。她脚步轻盈，飘然从我们身边经过，轻柔的呼吸带来一丝芬芳；她身姿灵动，俏皮地从我们身边经过，衣袖的轻纱拂过我们的脸颊。

然而，我们却浑然不觉。没有发觉白天的日光已渐渐回温，没有发觉冻结的湖水上冰面已渐渐破裂，没有发觉光秃秃的枝干上已经生出新芽，没有发觉昔日的鸟雀已悄悄回到了它们的旧居。

直至满树吐露新叶，遍地青草招摇，我们才突然发觉，春天已经来临。当我们为此欣喜不已的时候，当我们急忙换上春服的时候，当我们开始关注哪里的花开了没有的时候，当我们正准备好好品味春天的时候，春天已经过了一半了。

此时，春的脚步突然加快了起来，空气忽然变得热了起来，身边的色彩忽然变得丰富而明亮起来。走在正午的街头，一股股热气中夹杂着各种对清凉的渴望，竟让人犹如置身夏季。

第三辑
灵动·一草一天堂

时光流逝之快让人来不及反应，仿佛睁眼闭眼之间，各种颜色的花儿就缀满了枝条，叶子从黄绿到翠绿再到深绿也仿佛一瞬间的事情。转眼间，匆匆而至的初夏挤走了春天。

我们看不见时光的流逝，却看见樱桃红了，芭蕉绿了。

是的，就在我们徘徊的时间里，就在我们彷徨的日子里，就在我们懒散的光阴里，春去了，夏至了。

（二）

一片春愁待酒浇。

江上舟摇，楼上帘招。

秋娘渡与泰娘桥，风又飘飘，雨又潇潇。

何日归家洗客袍。

银字笙调，心字香烧。

流光容易把人抛，红了樱桃，绿了芭蕉。

这首词名为《一剪梅·舟过吴江》，是宋末词人蒋捷在乘船经过吴江县时所作。作这词时，南宋已经灭亡了，词人通过描写所见之美景，将自己的伤春之情和"身为异乡客，心中盼归乡"的情绪在词中表露无遗。

一只小船缓缓地漂在吴江之上，词人坐在船上，满心的春愁。他正欲借酒浇愁，却恰好看见岸上的酒帘飘摇，招揽着酒客。于是停船饮酒，微醺，离去，继续前行。

醉眼惺忪中，昔日秀婉妩媚令人愉悦的秋娘渡与泰娘桥映入眼帘，想到自己如今的动荡漂泊，恍惚中，冷风入骨，冷雨寒心，令词人心中更添忧伤。

不知何日才能结束这四处漂泊、动荡不安的生活，回到家乡，洗尽身上的尘埃，与心爱的家人团聚，重新过上有佳人相伴，调弄有银字的笙，点熏炉里心字形香的生活。

樱桃红了，芭蕉绿了。在这一红一绿中，时光渐渐消逝，初夏静静地到来。流转的光阴一年又一年，词人却只能在离乱颠簸的流亡途中无奈地吟唱着心中的歌。

吴江县，一个山柔水软的秀丽之地，一个山清水秀的俊美之乡，若是一般出游之人路过此地，只会感叹其风景的秀美，并为之流连忘返。而对于四顾彷徨、前程茫茫、有家难归的词人而言，这样的景色无疑加重了他的惆怅。

明明是忠贞之士，却只能过着无尽的流亡生活，有家不能归，有妻不能伴，只能在明媚的春光中静静地回忆那些温馨的往事，那种凄楚的感情，那种无尽的哀愁，如山高，挡住了春日的阳光；似海深，窒息了词人的心。

（三）

由衰转盛，再由盛转衰，是自然界的流程，是我们所有人都无法抗拒的现实。然而自然界中的轮回是可循环的，人类的生命却是一张单程车票，一旦这条路走到尽头，再要回到出发的地点，只能等待下一次的人生，如果有来生。

一年又一年，花落花又开是一个轮回，鸟儿去了又回来是一个轮回，河水结冰再融化也是一个轮回。可是人的青春却不能轮回，一旦逝去，永不会再回来，破灭的国家，也不会再现当年的盛世。

时光一去不返，人的一生中，总有许多事是我们无法预料得到的。有些事，若是我们无能为力，不得不让它随流水而去，错过了便错过了。有些事，若是我们能够掌控得了，便要努力保护它，不要让它成为我们的遗憾。

光阴似箭，岁月如梭。太阳一天天升起，又一天天降落。

当我们因贪玩浪费了青春年华，当我们因虚荣扭曲了心中的方向，我们必将在年事已高时心存不甘。若是我们用心感受着生命中每一时刻的感动，珍惜生命中每一次的相逢和相处，即使日后它们都成为了过去，我们也不会心生悔恨。

年华易逝，人生易老。岁月会流走，往事会远逝。

我们在生活中受到的伤害总像一道道伤口，就算愈合了，也会在某个寂寞孤单的时刻隐隐作痛。然而，即使如此，明天的太阳也会照常升起，明天的海潮也会照常起落汹涌。

过去的一旦过去，就只能在回忆中重温旧梦。也许是感动，也许是感伤，也许是心酸，也许是喜悦。无论如何，那些永不再见却依然怀念的人，那些去了不再回转的时光，都只能留在心间，成为内心的牵挂。

让过去过去，让未来到来。

一个个年轻的生命日渐走向衰老，一片片绿绿的树叶日渐枯黄，我们纵使有再多的不舍，也留不住时间的脚步。面对过去，无论是幸福的还是不幸的，我们都应该心存感激。面对未来，无论是预料之中的，还是意料之外的，我们都应该加倍珍惜。

时光匆匆，岁月匆匆，人生匆匆……莫要在拥有时不懂得珍惜，直到懂得珍惜之时，才发现自己已经一无所有。

第四辑

顿悟・
一叶一如来

不言自明
菩提本无树，明镜亦非台

（一）

菩提，是"断绝世间烦恼而成就涅槃之智慧"，意译为"觉""智""道"。

明镜，协助佛与众生感应的中介。《资持记》中记有："坐禅之处，多悬明镜，以助心行。"

世人常将"菩提"与"菩提树"，"明镜"与"明镜台"混为一谈，却忽略了"菩提本无树，明镜亦非台"。

菩提与明镜都非实物，树与台却皆是。若是将菩提看作树，将明镜看作台，便失了本意。

虽然当年释迦牟尼佛在菩提树下静坐七天七夜后觉悟，令菩提树成为了佛教的圣树，但是树终究是树，是有形有体之物，不能与觉悟相提并论。

世界上万物都不是永恒的，总有一天，或毁坏，或破灭，或消亡。万物皆是虚妄，随时会因外界的种种原因而生，也随时会因外界的种种原因而灭，只有觉悟，一旦生，便持续一生，不会受外界掌控。

觉悟由心而生。人能否觉悟，取决于心中是否有挂碍、有尘埃。若是对世界万物表象有所向往,便会有烦恼,有贪念,有痴念,有执念,便无法明心见性,真正地得到自在。

佛曰一切众生,皆具如来智慧德相,但以妄想执着而不能证得。说明若是心中有妄想,有执着,便会与觉悟擦肩而过,若是心中放下,无所往,无所念,便可达到无心无尘的境界,也就离觉悟更近了一步。

觉悟的过程,是一种放下的过程。放下,心就静了,心静了,便容易悟了。

(二)

在敦煌写本《坛经》中,记载着这样一个故事:

一天,五祖弘忍想要传其衣钵,于是把门下的弟子召集在一起,命他们每人作一篇偈语,并称,谁能"悟大意",便能够接下他的衣钵,成为六祖。

弘忍的上首弟子神秀在门前写下了:"身是菩提树,心如明镜台。时时勤拂拭,莫使有尘埃。"弘忍认为神秀没有达到那种境界,命他回去重作,神秀回去后,冥思苦想数日,毫无头绪。

慧能本不识字,他在听说此事后,请人帮他读了一遍神秀的偈语,而后作了一偈,并请人替他题到了西间壁上:

> 菩提本无树,
> 明镜亦非台,
> 本来无一物,
> 何处惹尘埃。

弘忍看到慧能的偈语,知道他领悟到了真谛,便将衣钵传给了慧能。

神秀把身体比作智慧树,把心灵比作明亮的台镜,认为若是不时常为它打扫浮尘,它就会被世间的尘埃污垢遮蔽,失去光明的本性。

慧能却认为,菩提原本没有树,明镜也不是台。本来就是不存在的实物,又怎么可能被尘埃覆盖?

"菩提"一词来自梵文,意译为"觉"或"智",旧时也被译为"道"。指对佛教教义的理解,或是通向佛教理想的道路。若说它是树,它就成了有所执着的物,而非觉悟了。觉悟本来就是无形无相的,若是真正地觉悟了,便会领悟到这一点。神秀把它与实物相提并论,是以弘忍知道他没有真正地觉悟。

同理,"应无所住,而生其心"。明镜是明净之镜的缩写。若把心与明镜台相提并论,也就是把心物化了,物化便是有所执着,仍说明神秀没有真正地觉悟。

慧能认为,既然本来就什么都没有,自然也就没有尘埃,没有尘埃出生之所,也没有尘埃落定之处。所谓的尘埃,指的是人间的世俗事物,即人心中对世间事物的牵挂,若是没有了执着,没了牵挂,也就没有了尘埃。

慧能认为,世间的万事万物都是幻象,这些幻象都是由于人类心中有妄念,并由妄念牵动自性而产生的。有些人感觉自己身上有尘埃,是因为他们心里有尘埃,这尘埃便是妄念。

(三)

人类的自性是圆满的,是清净的,一旦产生了妄念,清净的自性就会受到干扰。人若能被自性主宰,所生之念便不再是妄念。

该来的总会来,该去的总会去,当妄念产生时,不要强求,不要刻意,不要试图消灭它,而要让它自生自灭。

妄念有时产生得令人不知不觉,一些人得知自己产生了妄念,便用各种方式强行压制它,却不知勉强自己熄灭妄念的方式也是一种妄念。有时,还会使这种妄念更加根深蒂固。

　　一切妄念都是幻想,当我们知道那只是幻想时,它便不会再对我们产生任何作用了。幻想会在我们的关注中越来越强大,越来越清晰,也会在我们不理会它时越来越虚弱,最后悄然离去。

　　"知幻即离,不作方便;离幻即觉,亦无渐次。"一旦幻想走了,我们就不要再去纠结它是如何产生的,或者如何逝去的。因为一旦我们再次想起它,它就又会出现了。所有方法都是幻想,去除幻想的方法也是幻想。

　　有些一直困扰着我们心情的痛苦,正是因为我们一直没有放下,一直惦记着,并且经常拿出来细数,才会久久不肯退去。于无了知,不辨真实。有些事,过去了便不要一再回顾,有些人,离开了就不要想念,否则,好不容易熄灭的火堆便会再次被点燃,好不容易填平的沟壑便会再次被挖开。

　　发生了,就不要太执着,太固执,否则只会让事情越来越复杂;过去了,就不要再纠结,再追问,不然只是在自寻烦恼。认清这点,妄念便会自行退散了。

人生苦短
青山依旧在，几度夕阳红

（一）

"人生苦短"，一个人有一个人的理解。有些人认为，人生苦于它的短暂；有些人认为，人生的苦是短暂的。

俗话说，时不我待，时间不会为任何人作任何停留，于是我们不停地错过，错过了晨曦，错过了夕阳，错过了明月，错过了对家人说一句"我想你"，错过了对好友说一句"谢谢你"，错过了对爱人说一句"我爱你"。

有些人时常抱怨生活中苦事太多，乐事太少，却没有发现，正是自己的刻意回避或忽略，才没有发现它们的光辉。

世上很多事真的无法被预知，于是很多事情就在我们意想不到之时发生了，很多人就在我们意料之外消失了，很多事情前一秒还真实地发生在我们面前，下一秒已经时过境迁。

有太多人不断追逐无休止的物质，不断在寻烦恼中浮躁，一眨眼生命之路已到了尽头。

有些人常常把"年轻时努力奋斗，老了以后再好好享受"之类的话挂在嘴边，却忽略了我们都是"今日不知明日事"的平凡人，我们都不能保证自己会在明天遇到什么事情。倘若此时不及时行乐，你又焉知下一秒的自己是否还存活？

每一天，每个城市中都在发生着无数的意外。一场地震让无数生命刹那间殒灭，一场海啸让无数生命顷刻间消失不见，一次爆炸让无数生命在瞬间灰飞烟灭……若是把享乐全部寄托在年老之后，若是有一天，意外降临在自己身上，岂不是遗憾终生？

既然知道人生苦短，生命无常，又何必把所有的事情都挤在一天做完？又何必放弃生活中美好的瞬间？又何必不给自己留一些享乐的机会？

让我们保持一份乐观、洒脱、豁达的心态，努力让自己的今天活得更精彩。让我们活在当下，多给自己留点时间和空间，及时享乐，别等到老了以后才后悔过去没有抓紧时间，到头来有了时间，却有心无力。

（二）

滚滚长江东逝水，浪花淘尽英雄。是非成败转头空，青山依旧在，几度夕阳红。

白发渔樵江渚上，惯看秋月春风。一壶浊酒喜相逢，古今多少事，都付笑谈中。

诗人如同哲人，总是能从自然界中的一天一地，一山一川，一草一木，一水一月之中悟出许多哲理。世界所关注的，不是一个你或他的逝去，每个人对于世界而言，都只是匆匆过客，即使取得了再大的成就，也免不了"是非成败转头空"。

长江、浪花、秋月、春风、夕阳，杨慎就这样以大开大合的笔触包裹着细腻的爱。那是他对世界的爱，既知自己不是永恒的，便不在乎是非成败；那也是他对人生的热爱，纵使人生苦短，也要及时行乐。

第四辑
顿悟·一叶一如来

诗人在诗中表现了一种豁达的精神，一种看淡一切、不以物喜、不以己悲的心态，一种及时享乐的思想，以及自己对生活的热爱。他不愿让自己的一生被各种伤感和担忧所打扰。

功名利禄全都抛诸脑后，成败荣辱全都付诸流水。诗人对这些身外之物没有一丝一毫的在意，他深知，这些东西生不带来，死不带去，更不要说给自己带来快乐。

他宁可享受"白发渔樵江渚上"的自在与悠然，享受与好友笑谈饮酒的洒脱与豪迈。他已看惯了秋月春风这些世间的自然现象，自然不再产生丝毫伤春悲秋的情绪。即使谈论的古今之事中包含了一些不完美，也不会为之感叹，只拿它们当作朋友之间的笑谈罢了。

月升月落，风起风停，都是再自然不过的风景了，不如就放开心中的担忧，只欣赏明月，却不去管它的阴晴圆缺；只吹吹微风，却不去在乎它是不是马上就会消失。这才是真正地享受人生。

（三）

豁达是人一生中追求至高至远所持的心境，拥有豁达的胸怀，便可以宠辱无惊，去留无意，便能够在人生中享受到无限的美好和乐趣。

豁达的人总是健康的、坦荡的、开朗的，他们从不会为生活中的琐事而困扰，他们的胸怀好像宽阔的江河，一心向着更广阔的大海奔去。正因为拥有如此宽广的胸怀，他们才不会羡慕嫉妒，才能够真诚地称赞别人，才能够不为别人的挑衅所动。

豁达的人拥有惊人的承受力，即使经历千百次失败他们也不会沮丧，即使被中伤和陷害也不会害怕。

豁达的人是大度的，他们不会在听到逆耳的忠言时反唇相讥，也不会在听到谗言诽谤时勃然大怒。在他们面前，我们无须担心自己因说错话而遭到训斥，也无须担心自己做错事而惴惴不安。

豁达的人心中一直充满阳光，无论何时，他们都能笑看人生中的起落、成败。他们不但能让自己变得阳光，还能用这种能量影响身边的人，让自己愉悦，让朋友安心，让亲人踏实。

豁达，便是能够微笑面对坎坷不平的人生，便是能够用宽阔的胸怀对待过去和现在。豁达的人永远不会对过去已发生的事耿耿于怀，也不会对正在发生的事斤斤计较；豁达的人永远不会陷入任何猜疑，也不会陷入世事纷争而不能自拔。

做一个豁达之人，别再患得患失，别再自私自利，别再小肚鸡肠，别再鼠目寸光，别再爱慕虚荣，别再奴颜媚骨。

做一个豁达之人，学会淡泊名利，宠辱不惊，不计得失，有情有义，学会宽宏大量，学会光明磊落，学会表里如一。

做一个豁达之人，让生活中少一些负累，多一些快乐。

处之泰然
八风吹不动,端坐紫金莲

（一）

人生就像一道盛宴,酸、甜、苦、辣、咸,五味俱全。人生需要随时面临各种考验,也许贫穷,也许富贵;也许浪漫,也许风流;也许获得意外之财,也许突然失去一切;也许一帆风顺突然困难重重,也许一路坎坷突然畅通无阻。

当我们面对这些考验时,我们会兴奋,会激动,会悲伤,会失落,虽然这些心情都会随着时间渐渐变淡,然而当事情刚刚发生时,却很少有人能够控制自己不产生这些心情。

说到底,每个人都逃不了化为尘土一捧、青烟一缕的命运,纵使生前经历了再多的喜怒和悲欢,到头来也不会留下什么。如此说来,光耀一世或苍凉一生又有什么区别?

生活经常让我们感到种种压力,我们可以选择逃避,暂时远离那些让我们沉重的东西,远离这个让我们感到沉重的世界,然而逃避只能是暂时的,一旦再次触碰到导致压力产生的因素,之前那些感觉又会回来,而且巨大的反差会让我们感觉更加沉重。

我们可以选择接受,或快乐地主动接受,或抱怨地被动接受。与其抱怨被动地接受，让心里不情不愿、不甘不满，不如保持一个乐观的心态，用一颗平常的心坦然接受。

得之淡然，失之泰然。把名利、金钱等外物看得太重的人，刻意去追求某些生活的人，心里总会感到非常累；懂得遗忘，淡定面对一切的人，心里总会感到快乐。

用一颗平常心，淡看云卷云舒，笑看花开花落，心情便会永远明朗，每一天也都会充满阳光和希望。

（二）

想要做到泰然处之是件非常不容易的事，即使是许多自感对佛法有相当造诣的人，也未必做得到。

古代著名的文学家苏东坡曾因一时所感，写下了一首诗：

> 稽首天中天，
> 毫光照大千。
> 八风吹不动，
> 端坐紫金莲。

诗作好后，苏东坡越读越满意，于是他把诗抄在诗笺上，让佣人将诗送给住在长江南岸的好友佛印。

佛印读过苏东坡的诗，只在诗下批了"放屁"两字，然后让佣人给苏东坡带了回去。沾沾自喜地等待好友赞赏的苏东坡看到这两个字，顿时火冒三丈，于是立刻雇船渡江，打算去找佛印评理。

小船一路向南，缓缓前进，明明是"清风徐来，水波不兴"的画面，苏东坡的心里却如开锅的粥一般翻腾不已，哪里还有心思去欣赏周围的美景？

苏东坡气呼呼地赶上庐山归宗寺，却被告知佛印当日不见客，更加气愤，他一路冲到佛印禅师的方丈室，却看到门上贴着一张字条："八风吹不动，一屁过江来。"

这张字条让苏东坡心中顿时醒悟，他意识到了自己的肤浅，于是惭愧地回去了。从此，他痛下决心，不再仅仅研究佛法的字面意思，而是用心理解佛法，并将佛法运用到日常生活中去。

人们尊敬天，而天尊敬佛，所以佛陀被称为"天中之天"。大千世界里，包含着无数的中千世界、小千世界和小世界，佛陀用慈悲道德的光芒遍耀着大千世界，是以世间充满了温暖和爱。

《大智度论》里写道："利、衰、毁、誉、称、讥、苦、乐；四顺四违，能鼓动物情。"所以，利、衰、毁、誉、称、讥、苦、乐是为"八风"，它们是人生成败得失的总和。

普通人受到"八风"所干扰，都会产生一些情绪，只有佛陀才会不为外境所动，始终保持安定祥和之心，呈现庄严淡定之态，安稳地坐于莲花台上。

苏东坡作此诗，本想表明自己的心如佛陀般不为外境所动，却因佛印一句"放屁"而怒火中烧，冲过江去讨说法，足以说明他的内心并不如他所言那么淡定。

（三）

喜爱利禄、称颂和赞美，讨厌衰败、嘲笑和讥讽，会因诋毁而大怒，会因赞誉而欣喜，这些都是普通人会表现出的自然反应。

无论是陶醉在快乐里，还是沉浸在悲伤中；无论是在称赞中感到飘飘然，还是在讥讽诋毁中感到愤怒；无论是在顺境中得意忘形，还是在逆境中忧戚于心，都是人之常情。

谁人能以心转物而不以物转心，置于"八风"之中而不动？除了佛陀，便无他人。

有些修佛之人知晓其理，便刻意模仿佛陀之言之行，并以为这样便是不为"八风"而动，却不知这种只求理解、不真修实行的行为并没有用。远观他人之事时泰然处之，事不关己时淡然笑之，一旦事关己身，就无法安定心神，与那些未修佛法之人无异了。

佛陀之态，是为淡定。

"不以物喜，不以己悲"是为淡定，"胜不骄，败不馁"是为淡定，"从容不迫，气定神闲"是为淡定，"静若处子，动若脱兔"是为淡定。

淡定是一种境界，一种勇气，一种风度，一种修养，也是一种力量。淡定之人遇事沉稳，又带着积极果断；处事老练，却又重视有加；得到期望之物，不会欣喜若狂，失去心爱之物，也不会愤愤不平。

所有的经历都会随着时间的流逝而淡化，曾经被我们当作生命之中不能承受的重量，几年之后也都会轻如鸿毛。我们无法改变过去，一如我们无法预知未来，我们唯一能够把握的只有此时此刻。淡定地活着，便能让自己更加幸福，更加快乐。

因缘和合

江畔何人初见月，江月何年初照人

（一）

因缘，是很奇妙的东西。佛教把它定义为"产生结果的直接原因和辅助促成其结果的条件"，即万事发生皆有因缘。

不知它什么时候来到，也不知它什么时候离去，只知道它带来过什么，不知它将带来什么。这就是因缘。

因缘是世界的工具，它在世界的绚烂中被湮没，却又确确实实地存在着。我们看不见它，摸不到它，它却确确实实地操控着我们的生活。

因缘在世界的控制下为人生添加着戏剧化的桥段，让事情发生，让事情结束，也让我们在特定的时间，特定的地点，遇到某个特定的人。

因缘和合，该来的总会来，该走的也总会走。

与人相识便是因缘在起作用。

也许是绚烂烟火中的华丽邂逅，也许是山清水秀中的一个回眸，也许是繁华都市中的一个转身，也许是万花丛中的一个微笑。我们不确定因缘会以什么方式提醒我们，但是我们知道，它一直在我们的身边。若是我们不曾发现它，那只因时机未到。

有时，我们不知道为什么，只是对方一句轻声的"你好"，便使我们的生命就此开启一段新的篇章。然后，那个人消失了，消失在我们的生活中，消失在我们的世界里，消失得不留一点痕迹，只留下我们呆呆地站在那个地点，想着当初的相遇，想着当初发生过的事。

再然后，那个人又出现了，在某个特定的时间地点，鬼使神差地与我们再次相见，或熟络地与我们打招呼，自然得好像什么都没有发生过；或尴尬得眼神闪闪躲躲，避之而不及；或好似不曾见过般，一脸漠然地从我们身边经过。

我们或许会迷惑，或许会埋怨，或许会气愤，岂知这一切皆有因缘，只是我们不曾知会而已。

世事皆有因缘，若不知它是什么，不要强求，静静接受因缘的安排便好。

（二）

春江潮水连海平，海上明月共潮生。
滟滟随波千万里，何处春江无月明！
江流宛转绕芳甸，月照花林皆似霰；
空里流霜不觉飞，汀上白沙看不见。
江天一色无纤尘，皎皎空中孤月轮。
江畔何人初见月，江月何年初照人。
人生代代无穷已，江月年年只相似。
不知江月待何人，但见长江送流水。
白云一片去悠悠，青枫浦上不胜愁。
谁家今夜扁舟子？何处相思明月楼？

| 第四辑 |

顿悟·一叶一如来

可怜楼上月徘徊，应照离人妆镜台。
玉户帘中卷不去，捣衣砧上拂还来。
此时相望不相闻，愿逐月华流照君。
鸿雁长飞光不度，鱼龙潜跃水成文。
昨夜闲潭梦落花，可怜春半不还家。
江水流春去欲尽，江潭落月复西斜。
斜月沉沉藏海雾，碣石潇湘无限路。
不知乘月几人归，落月摇情满江树。

"江畔何人初见月，江月何年初照人。"这两句诗出自张若虚的《春江花月夜》。

那初见月的人是谁？他在什么时间见到了月，见到月亮之时，周围又是怎样的一番景象？是否也是"江流宛转绕芳甸，月照花林皆似霰"？是否也是"空里流霜不觉飞，汀上白沙看不见"？那月，是新月如钩，还是满月如盘？

从荒蛮时代起，月便年年岁岁照耀着江水，照耀着江边的草木。然而它是寂寞的，因为纵使它流离的月光美如仙境，也无人赞赏。究竟是从哪一年开始，江上或江边出现了人影，让月有了希望，不再孤单，不再心凉？

"滟滟随波千万里，何处春江无月明。"江月的华章随着江水流远，不知流进了多少人的梦里，更不知流进了多少人的心里。可怜一轮明月只能每天静静地把月光洒向人间。

诗人细腻的心察觉到了离人微不可听的悲啼，旋即想到他是否正因为这皎皎的月华而痛哭流涕。

空中的明月有时圆，有时缺，它每天都在发生着变化，永不停息。这一现象触动了诗人对现实、社会、人生的理性思考。古代的诗人们常常想要探求永恒是否存在，然而，在苍茫浩渺的宇宙中，可有什么事情是永恒的？除了"变化"，怕是再找不出其他的事情来了。

人从幼年到老年是变化，太阳升起降落是变化，月的阴晴圆缺是变化，海的潮起再潮落也是变化。世界在变化中发展，并在发展中变化着。人世无常，永恒的事物并不存在。

（三）

世间一切，皆是因缘相合所致。

当我们真正明白这句话的时候，长久以来的心结就会被打开，心里就会自然而然产生一种欣喜感，如一汪清泉般止不住地向外冒出来。

人的一生中会经历许多成功，也会经历许多失败，我们完全不必因为成功而沾沾自喜，也不必因为失败而垂头丧气，因为人生中那些成功之事，皆是因缘已到，那些没有成功的，也只是因缘未到罢了。我们完全不需因为一时的失败便对自己失去信心，妄自菲薄，自我贬低。

因缘，既要有因也要有缘。因就像一粒种子，种下很容易，想要开花结果却很难。若是想要让它发芽，必须施以适当的水分和养料，并给予阳光的照耀，这水分、养料和阳光便是缘。

因缘极其复杂，复杂到我们难以用肉眼看出其中的奥妙。事情越复杂，其中的因缘也就越复杂。"大风起于青萍之末，君子趁势而为"，若我们想要做成某件复杂的事情，除非因缘已到，否则越是勉强，越容易得到相反的结果。

我们难以观察出因缘的奥妙，却可以在生活中观察到一些因缘成熟的前兆。只要注意观察事情的起伏变化，挑选因缘成熟的事情趁势而为，成功便可容易得多。

至于那些没有成熟的因缘，那让它们先在那里等一等，等到成熟之时再去做，才能让事情发展得更好。

| 第四辑 |
顿悟·一叶一如来

生活中的万事都是随着因缘而起伏变化的。不对已成熟的因缘置之不理,不对未成熟的因缘揠苗助长,一切就会变得简单、容易。我们便可以拥有潇洒、轻松的生活。

三生因果

行云流水一孤僧，契阔死生君莫问

（一）

问世间情为何物，无形无影，无息无声，听不见它的脚步，也看不见它的芳踪，却教人生死相许，难舍难分，难忆难忘。生离是伤，死别亦是伤。

情若重千斤，教人何以堪。

许多人一生之中情路坎坷，这情，不仅是爱情，还有亲情、友情。有情会伤人，无情会伤人，两情相悦却不能相守也会伤人。

太多人为情所困，太多人对情无奈。情让有些人在尘世之中时苦不堪言，情让有些人在尘世终了时满心遗憾。

幼年之时，最渴盼亲情。像鱼儿需要水，花草需要阳光一般，亲情对于孩子而言，是一份安全感，是一份力量，是他们活下去的希望。

青年之时，最渴盼友情。像树木需要养料，航行需要舵手一般，友情对青年而言，是一份补充剂，是一份支撑，是他们前进的动力。

成年之时，最渴盼爱情。像花开等蝶来，若是有人相伴，有人可爱恋，即使生活辛苦万分，心中也充满希望，觉得甘甜无比。

来自亲人的关怀让我们不再惧怕外界的风雨，因为我们知道，无论

| 第四辑 |
顿悟・一叶一如来

何时,都有一个接纳我们的地方;来自朋友的理解让我们不再感到孤单,因为我们知道,即使走得再远,也有人真心地挂念我们;来自爱人的支持让我们不再感到疲惫,因为我们知道,有一颗心一直与我们相伴。

若是亲情、爱情、友情都不存在,成长的路上自然充满灰暗,心中自然充满悲观。欢喜无人分享,忧伤无人安慰,恐惧无人陪伴,终日孤身一人,一颗心在风雨中飘摇不定,那便是生命中最痛之事。

然而,生活中多少情今生难成全。有多少人年幼时无父母关爱,生活在冰冷的空屋之中;有多少人少年时无朋友相伴,满腹心事只得说与自己听;有多少人彼此相爱却无缘相伴,只能任相思泪从脸上不停滑落。

(二)

契阔死生君莫问,
行云流水一孤僧。
无端狂笑无端哭,
纵有欢肠已似冰。

"契阔死生"的典故来自《诗经》,表达了一种无论经历多少坎坷,也要与相爱之人相伴到老,生亦同床,死亦同穴的情感。诗人明知其意,却言"君莫问",令人读起来备感哀婉。

"行云流水"出自苏轼《答谢民师书》,表达了一种不受拘束,自然洒脱的情感。诗人用此表达自己无拘无束的生活,又用"孤僧"二字凸显自己只身一人,来去无牵挂的生活状态。

诗的后两句为诗人对人生的感悟,表现出了一种既"悲哀"又"肯定"的人生态度。

这首诗的作者是苏曼殊。他乐于享乐,不忌饮食,受众美倾心,却来去自由，无牵无挂。然而，他的内心却是寂寞的，孤独的，纵使一生留情，却孤单一生。他在去世前留下的最后一句话是："一切有情，都无挂碍。"

苏曼殊一生两次出家。12 岁那年，他在一场大病中险些丧命，病好后，他去长寿寺出家，却因偷吃鸽肉被发现而出了寺；15 岁那年，他在留学途中与一位日本姑娘一见钟情，却由于家庭的干涉，最后导致这位姑娘投海自尽，于是他去了蒲涧寺出家。

出家之后，他又曾与一位弹筝女一见如故，奈何他当时已是远离红尘之人，只得挥笔赠诗一首，再无他续。

先为"家"逐，再为"情"伤，令苏曼殊的心中充满了对生活的无奈，于是，他将最后的情怀寄托于"国家"和"革命"。他参与过兴中会、光复会、"抗俄义勇队"等，还参加过反袁斗争，被后人冠以"革命和尚""爱国诗僧"之誉。

正是由于度过了来去无定、风尘落寞、无人相知的一生，苏曼殊的内心时而天真，时而沧桑。他的诗如酒，文如针，情如火，心如灰。他仿佛一朵度尽风波的莲花，在暴风雨后的池塘中，静静地绽放，散发着清香。

（三）

情如水，静静从我们身边流过，无色无味，却能给我们最真实的感受；情如水，有时平静淡然，有时汹涌震撼；情如水，能滋润人们的心田，也能冲毁心中的净土。

人生，是一场旅行，种种情愫都是旅途中出现的风景，有些是我们一生不应该错过的，有些则是我们应该错过的。若是为不属于自己的事物留恋一生，久久不能自拔，便会错过真正属于自己的风景。

第四辑
顿悟·一叶一如来

有些情如轻丝，轻轻一拂便不知去向何处；有些情如刀子般锋利，令人铭心刻骨。当一段情结束，当一出戏落幕，谁都无法回头，只能向它作个告别，然后继续向前走。

有些事的发展如黑夜和白昼的交替，我们无法改变它们的发展和结局。既然如此，索性就看开吧，让它们顺其自然，让它们自生自灭，不要让这些情愫控制我们的内心，让我们苦苦为它们所负累。

情愫，其实只是一场空。亲情虽然温暖，亲人却不能一生一世庇护着我们；友情虽然珍贵，朋友却不能一辈子陪伴在我们左右；爱情虽然甜蜜，爱人却也可能在某一天离开我们的身边。

我们可以相信亲情、友情和爱情，我们可以期盼亲情、友情和爱情，我们应该维系亲情、友情和爱情，我们应该珍惜亲情、友情和爱情。但若是有一天它们真的不得不消失在我们的生命中，我们能做的，也只有放手。

身边的一切都是过眼云烟，终有一天会消逝，不同的只是时间的早晚。有些停留得久一些，有些停留得短一些。

开始的开始，是我们幻想，最后的最后，是我们看透，美梦终会醒，幻想终成烟云。再成功的人生，最终也会成为一场虚空，什么都不剩下；再美好的情愫，总有一天会成为过去，什么都留不下来。一旦看透了这一切，便能淡看身边事、身边情，不为所动，不为所伤。

此生空过

一弹指顷去来今
三过门前老病死，

（一）

　　人的一生，说复杂也复杂，说简单也简单。说它复杂，是因为人一生中要经历许多事情，产生许多感情；说它简单，是因为若是想要概括一个人的一生，"生老病死"四字便足矣。

　　佛曰人生有八苦，生、老、病、死、爱别离、怨长久、求不得、放不下。生的疼痛，老的哀伤，病的愁苦，死的悲恸，都是每一个人一生中必须经历的。

　　出生，是一件很痛的事。我们要告别熟悉的柔软和温暖，告别熟悉的安全感，告别熟悉的安静，在剧烈的摇晃和挤压中进入一个新的环境。

　　衰老，是一件很哀伤的事。我们的身体失去了活力，我们的步履变得蹒跚，我们不能再无所顾忌地疯狂，不能再顺利地完成自己想要完成的事情，甚至连一件小事都要依靠别人的帮助。

　　生病，是一件很愁苦的事情。疾病让我们不能随心所欲地进食或行动，让我们的身体变得虚弱，甚至无法行动，只能躺在床上，任由时间一点一点从我们身边流逝。

　　死亡，是一件很悲恸的事情。我们将再也看不见这个世界里的景象，再也听不见这个世界里的声音，再也碰不到这个世界里的一切，我们将告别这个世界，并且再也不会回来。

生老病死是人之常情，哀怨叹息并不能阻止它们的发生，反而会加速后三者的进程。一个人若是整日担心自己会衰老，只会使衰老加速；若是一生病就郁郁寡欢，不但容易加重已有的病情，还容易引发其他的疾病；若是终日害怕发生意外而整日担惊受怕过度紧张，反而更容易发生意外。

世上没有任何人能够逃得过生老病死，即使是伟大的人，聪慧的人，圣贤的人也无一幸免。若是惧怕，生活就会变得沉重；若是坦然，生活就会变得美好。

（二）

初惊鹤瘦不可识，旋觉云归无处寻。
三过门前老病死，一弹指顷去来今。
存亡惯见浑无泪，乡井难忘尚有心。
欲向钱塘访圆泽，葛洪川畔待秋深。

此诗名为《过永乐文长老已卒》，是苏轼为文长老所作。文长老是位蜀僧，与苏轼既是同乡，又是文友。之前，苏轼与他见面不过两次，却由此心生挂念。

第一次相见是在1072年末，当时，苏轼因事途经永乐乡，在报本禅院游览时遇到了文长老，他得知文长老与他同乡，倍感亲切，便作诗一首送与文长老，表达了对文长老得道忘言，生活安闲的羡慕，同时感叹了自己已经无心理会政事，只愿赏赏山水，过过清悠日子的心情。

次年11月，苏轼再次路过永乐，去报本禅院拜访时，文长老已卧病退院，无法继续开堂讲道。苏轼见状，又赠诗一首，表达了二人之间友情深厚，并说文长老虽不能继续传授佛家道义，却更受人尊敬。

又一年过去，苏轼返回杭州途中又经过报本禅院，想要再次拜访好友，却听到了文长老已圆寂的消息。一时间，他的心中非常感伤，于是以一首充满佛家禅理的诗词悼念好友，全诗充满惋惜之情。

初次见到你时，你虽然衰老，精神却还不错。你我二人相谈甚欢，留下了美好的回忆，于是分别后格外惦念。没想到，仅仅见了两面，便阴阳相隔，再也无法相见。虽然明知生老病死是人间常事，不会因友人的离去挥泪不止，可是心中对你的思念仍然长久不息。

佛家以生老病死为人生四苦，弹指在佛经中表示时间短暂。苏轼三年之间总共拜访文长老三次，却历经了文长老的老、病、死，这不得不让他心生感叹，感叹生命的短暂无常。

（三）

一日，佛问弟子："人命在几许？"一弟子答曰："人命在旦夕间。"佛说："不对。"另一弟子答曰："人命在饮食间。"佛说："也不对。"

人命究竟在几许？天有不测风云，人有旦夕祸福。人世无常，无人能预料得到下一刻会发生什么，也无人能预料得到下一刻自己会经历怎样的事情。我们只知自己几时降临到这个世上，却不知自己几时会离开人世。

我们来时紧闭双眼，却伴着响亮的啼哭；我们离开时仍是紧闭着双眼，却只是无声无息。无数次睁眼与闭眼之间，数十载光阴匆匆而过。一生中，我们遇到的人无数，却只有几人会与我们一生同行。

世事无常是自然界中的法则，陶器易碎，花枝易折，骄阳当空却突降暴雨，风和日丽却突起狂风。人虽不似"朝菌不知晦朔，蟪蛄不知春秋"，却也不会无限存在，生而不死。

第四辑
顿悟·一叶一如来

有时人生就像部戛然而止的电视剧，在剧情最精彩时突然没有了下文。有的人一生乐观豁达，毫无疾病，却在一夜间突然与世长辞；有的人正值青春年华，却突遭意外，失去自由行动的能力。于是，他们的人生中留下了一段空白，也留下一群满心期待结局的人们苦苦挣扎。

逝者既已逝，活者需坚强。当我们不得不承受生离死别的痛苦时，既然不能改变结局，不如笑对生命的无常。可以有悲伤，但不要让悲伤主宰我们的生活；可以有思念，却不要让思念充斥我们整个世界。

试想那个去了另一个世界的人，那个挚亲挚爱之人正在默默地看着我们，我们又怎能忍心日渐消沉，让他们难过？

"命在呼吸间。"人的生命就在一呼一吸之间延续着，即使长命百岁，也无非是一呼一吸的多次重复。事故、疾病等一些不可抗拒的因素随时都可能夺去我们的生命，既然如此，为何不让我们仅有一次的生命变得更加绚丽？

生离死别只因人世无常，人生起落也只因人世无常。每个人的生命都是一段危险旅程，我们每向前跨出一步，就距离死亡更近一步。不要在生命即将消失的那一刻才悟出生命的美好，学会善待生命，善待身边的每个人、每件事、每份情，才会不留遗憾。

尘埃落定

朱颜辞镜花辞树，最是人间留不住。

（一）

　　有些人倾其半生，为了气派的豪宅，舒适的香车，巨额的存款而不辞辛苦地奔走，宁可放弃陪伴在父母身边的机会，放弃与爱人共进晚餐的机会，放弃观察孩子成长的机会。

　　若是有人劝他们回头，他们会振振有词，强调自己是为了让人生不留遗憾，让人生更有意义。然而当一切都尘埃落定的时候，当他们真正拥有了那些一直追求的事物时，他们的心中却备感空虚。

　　每每揽镜自照时，他们的心底便会不由得生出一缕叹息，叹息自己不知何时生出的皱纹，叹息自己不知何时变得黯淡的眼神，叹息那些逝去的、无法追回的青春年华。

　　在生活中，这样的人不计其数。有许多人肆意挥霍着他们的青春，让自己一心扑在对物质的追求上。他们不断地压榨自己的身体和心灵，逼迫自己不去享受那些本该拥有的美好时光。

　　为了生存，他们任凭自己的容颜一天天变得憔悴，却还要强打精神；他们放弃了春意盎然中的散步和小憩，任由身边争相斗艳的桃花开了又败而无暇欣赏；他们把自己隔离在钢筋水泥筑成的城堡中，远离了那些绿树成荫、流水潺潺的地方。

他们一心朝着向自己招手的物质前进，却忘了停下来听一听鸟鸣，闻一闻花香，看一看树绿，享受一下这些本该属于他们的美好。

时间是那么的无情，那么的残酷，它安静地流过每一个人的生命，一声不响地带走了人们的青春和生命。

厚厚的粉底下，年轻娇美的容颜渐渐不再；浓浓的烟雾中，清脆的声音渐渐沙哑；一杯又一杯的酒精麻醉了神经；一声又一声的干笑麻木了心灵。

人的生命如此脆弱，如此短暂，几十年也不过如昙花一现。当半生时光已逝，回顾走过的路，发现最宝贵的青春时光仅仅换来了一些金银财宝和物质上的奢华，却没有和最亲近之人留下丝毫值得回忆的东西，心中难道不会有痛惜吗？

一旦看透了，就会觉得，那些金钱、地位、身份都是浮云，并不值得我们紧紧抓住不放手。

（二）

阅尽天涯离别苦，不道归来，零落花如许。花底相看无一语，绿窗春与天俱莫。

待把相思灯下诉，一缕新欢，旧恨千千缕。最是人间留不住，朱颜辞镜花辞树。

这是国学大师王国维的《蝶恋花》。这首词中看似简单地倾诉着事实，却同时也隐藏着深深的叹惋。

时光流逝，伊人逐渐老去，再也无法在镜子中找到年轻时的"朱颜"；春去夏来，花谢了，一朵一朵花纷纷从树枝上掉落，空留下落红满地的伤感。

过去的无法被追回，只能追忆。作者在对时光的流失无可追回，往事的消逝无可逆转的感慨之下迸发出了无奈，这情感就在这样哀伤的词句中得到了淋漓尽致的抒发。

时光像一条大河，静静地流逝。我们在其中笑着、哭着、闹着，狂妄过、悲哀过、爱恋过。然后，河水带走这一切，包括我们的生命。

每个人都曾年轻过，最后也终将不再年轻。在那段年轻的岁月里，我们可曾轻狂过，疯狂过？我们可曾拥有过，释放过？我们可曾大胆地尝试过？又可曾真实地面对自己过？

当我们迈入暮年的时候，当我们再也无力走遍名山大川，只能依靠拐杖蹒跚的时候，当我们只能坐在躺椅上，静静地回顾过去的时候，我们会露出满足的微笑，还是发出悠长的叹息？

朱颜辞了镜，镜中，乃是虚无。

桃花别了树，枝间，乃是冷寂。

不如在生命进行到一半时便细细思量吧。若前半生的劳碌换得的只是长长的叹息，只是悲哀和感伤，只是苍凉和无奈，只是虚无和冷寂，若接下来的后半生仍会如此，迟暮之年时又要如何度过残生？

（三）

时间无法回流，记忆可以。在落日那灿烂的黄昏里，天地间拥有着千变万化的颜色，长河里回荡跳跃着灿烂的金光。有没有想过，那些便是青春本该有的华彩。

在青春昂扬向上意气风发的时候，我们本该有未来，有梦想，有固执，有勇气。我们本该肆无忌惮，义薄云天，气冲霄汉，挥洒自如。纵使留不住，也能灿烂一回，盛开一回，奔放一回，再听凭逝去。

第四辑
顿悟·一叶一如来

我们无法挽留的，除了朱颜和花颜，还有很多。回忆曾经的固执，曾经的坚持，却再也找不到曾经的感觉。当从前的一切，被时间的长河滔滔奔流而带走，带走了你，带走了我，带走了我们曾经的一切。然后，我们还能剩下什么？

逝去的青春，幻化成回忆的华章，不忍忘记，任它在时间里光辉灿烂。曾经的遗憾，悄悄潜入我们的梦，在每个深夜不断敲打着我们的心房。

是的，那些开心的、悲伤的、激动的、失落的回忆，便是陪伴我们度过余生的。

在我们精力充沛、貌美如花的时候，我们若是故作镇定地路过属于我们的舞台，压抑住内心对聚光灯的渴望，故意不去浏览我们的剧本，刻意收起内心的声音，把想要唱出的快乐和畅想紧紧地压回胸中，这样的青春，岂不是一种浪费？

人们只知年轻时若不努力拼搏，会让青春荒废，却不知把青春埋葬在各种各样的虚荣之中，同样是一种蹉跎。

青春年华里留下的丰富经历，经历的丰富人生，都让青春，让过去，让韶华成为人生中最美好的华章。只有当我们为青春留下纪念后，青春才会为我们留下欢乐。

当一切尘埃落定，回首往事的时候，我们可以坐拥着儿孙满堂，和他们一起回忆着快乐的时光；我们可以与三五好友相聚，和他们谈谈一起轻狂的时光。也许到那时，我们的手臂已经无力，但是我们的儿孙会搀扶着我们；也许到那时，我们的牙齿皆无，吐字不清，但是我们的好友也会听得懂我们的语言。因为，那些经历都是我们一起度过的。

丰富了人生，便不会冷寂，也没有虚无。

朱颜辞镜的无奈虽已降临，但当年闪耀的光彩并未散去，它仍闪耀在那并不年轻的脸上。

花辞树的悲哀虽已降临,但当时氤氲的芬芳仍未散去,它仍闪耀在那空无一物的树上。

愿每个人在尘埃落定之时,都能深感此生不虚此行。

第五辑

达观·一砂一极乐

绝处逢生

归去，也无风雨也无晴

（一）

少年时，很难拥有平和之心，安宁之态。

荣辱得失，社会风云，爱恨情仇，都是心中暗自骚动的源头。"世界是我的"，年轻的梦想这样书写。

涉世渐深，时光渐逝。我们渐渐懂得：生者必死，聚者必散，积者必竭，立者必倒，高者必堕。没有人是主宰者，我们都是宇宙间的一粒微尘，有些人，有些事，都是命定的缘分，可遇而不可求。

烦恼皆由心生。无论横眉冷对，或者媚俗妥协，总归都是被世俗牵住了鼻子。如若能做到笑看花开，静赏花落，倒才是修得了一份随缘的自在。

某年春日，曾有一位词人途中偶遇风雨，寻常遭遇中，激发了超凡的新意。他以一袭单衣，竹杖芒鞋，立于风雨中，却从容地寻到了生活的主题：面对复杂，保持欢喜。

莫听穿林打叶声，何妨吟啸且徐行。
竹杖芒鞋轻胜马，谁怕？一蓑烟雨任平生。

料峭春风吹酒醒，微冷，山头斜照却相迎。
回首向来萧瑟处，归去，也无风雨也无晴。

一句"穿林打叶声"，可知风之疾，雨之骤。可词人又说"莫听"，表明不必将此放在心上。既是无法回避的自然规律，何必要夸大它？

面临困境，弱者会选择恐惧与逃避。当生活的重担倾压下来，能够拥有冷静和智慧，才是自救的唯一途径。没有什么是不可以度过的，绝处也可以逢生。

（二）

风雨中穿行的这位词人正是苏轼。

三年前，一场文字狱忽然降临，让他的人生多了一个灰色标签：乌台。追根溯源，是由于苏轼在一次上书中写道："陛下知其愚不适时，难以追陪新进；察其老不生事，或能牧养小民。"

君子虽然坦荡荡，却难防小人见缝插针。

"新进"与"生事"等词语被无限放大，为他惹了大麻烦。经过一番研究，别有用心的人们翻出其过往的诗句，一番推测与臆想，制造出种种"罪证"。不久，一顶"愚弄朝廷，妄自尊大"的帽子结结实实地扣在了苏轼的头上，是为"乌台诗案"。

天有不测风云，苏轼万般无奈，却也百口莫辩。家人匆忙中烧了他的诗稿，岁月凝结的心血消逝在哭泣的火焰里。幸好当朝有不杀士大夫的惯例，他才侥幸免过一死。

当年年底，苏轼贬往黄州，充团练副使，不准擅离，无权签署公文。因为无端卷入劫难，苏轼陷入了惆怅潦倒。自己空有一身才华，却反被才华所累，一时间难以面对现实。

第五辑
达观·一砂一极乐

时间是一剂良药。远离了仕途，告别了纷争，苏轼渐渐感受到了一种真正的自在。笔随心动，连作品也不再豪放超逸，反而越来越转向大自然，映照出他淡泊旷达的心境，如同这首《定风波》。

既然每一段人生都要历经风雨，其实有时，挣扎反而适得其反，不如顺应自然，交给时间，让因缘自由发展。如同那句"何妨吟啸且徐行"，除了潇洒与通达，还透出一丝俏皮。

由此，苏轼竹杖芒鞋，以"轻胜马"的超然，化解了生之困顿，进而"一蓑烟雨任平生"，表现出一种旷达超逸的胸襟。

其实，所谓达观，就是洞悉了生命升华的真相。世上本无烦恼，皆出自喧嚣，世上也本无伤痛，皆出自躁动。唯有心动，才会涌下泪千行。如果能减轻生存的砝码，松缓紧张的心弦，心灵才会得到净化。

如果说身体是一副皮囊，装着灵魂上路。若想走得更远，则必须放下一些沉重，轻装上阵，才能健步如飞。遗失的风景，错过的爱人，触不到的情感，达不成的理想，这些事物只要在内心深处生动地存活过，即是美好。

（三）

面对生活，当不再握紧拳头的时候，才知什么叫作获得。我们一生所追寻的，其实一直等候在缘分的尽头。料峭的春风吹醒酒意，微量空气带来舒服的触感，风雨之后，总会天晴，如同词中的"山头斜照却相迎"。

可是人生啊，需要跨过多少沟壑，经过多少遗憾，领悟多少迷茫，才能看破这些幻象？放下执念，万般自在。走过千山万水后，有人在一个微妙的瞬间获得这个启示。只是蓦然回首，人生却已走过了大半。

"回首向来萧瑟处，归去，也无风雨也无晴。"这是收官之句，也是点睛之笔。苏轼经历过了仕途沉浮，目睹过政治风云，也叹息过荣辱得失。忽然顿悟，原来所谓阴晴圆缺，是世间自有的规律。所谓尽人事，听天命，如能尽到职责，便也不必再苛求自己了吧。

没有不平的事，只有不平的心。将世间的纷繁复杂归零，回归原本，洞悉本质，这是一种眼光，也是一种能力。

缓缓吟诵全篇，词人在字里行间渗透着一种处世哲学。放下了物喜与己悲，忘记胜败，看淡得失，人世波折，情感忧欢，又得到了一番全新的体悟。

体悟需要时间，而时间，总是在不经意间流逝。故事生长在流年的缝隙里，疯也似的发展。是刹那的困惑，还是历经沧桑的执着，希望总有一天，能够拨开迷雾，守得云开见月明。

所谓风雨，所谓晴，都是自然之态，没有色彩，无须感怀。

佛曰：苦非苦，乐非乐，只是一时的执念而已。当心有执念，就会受困于它；释怀放下，拥有一颗安闲自在的心，保持豁达的心态，让生命变得简单，才能不畏风雨与晴天的表象，寻到内心的土壤。

人生不如意事常八九。哭过，笑过，累过，醒过，最终才会开启心智，跨越一面心墙。就如苏东坡经过半世风雨，方才得出"归去，也无风雨也无晴"的豁然。

百年之后，一抔黄土。任浮华似梦，也装不进轮回的行囊。四季更替，生死交织，风风雨雨就真的成为不值一提的幻象。那么，不如归去，不如放下，不如心静如湖水。

其实，风是风，雨是雨，太阳是太阳，你是你自己。

莫向外求

人生尽受福,人苦不知足

(一)

佛早就断言:"有求皆苦。"又说:"无求品自高。"

这"求",便是欲望。欲望越强大,人就会越累,心就越难以得到满足。

现在的人生活过得越来越好,房子越来越大,挣的钱越来越多,穿的衣服也越来越漂亮,可是同时,心却越来越容易感到沉重,精神也越来越容易感到空虚。

所谓"温饱思淫欲"。当人们每日的食物仅能勉强饱腹,衣服仅能勉强保暖时,心中所想只是如何让自己不再饥饿,不再寒冷,一旦这些需要得到了满足,其他方面的需求便在安逸中滋生了。一种名为"欲望"的东西,也在人们心中不知不觉悄悄地萌芽。

欲望越多,心就越累。人生中,许多的苦都是因为人们对这个世界要求太多,对周围的人要求太多而产生的。

金钱的诱惑、权力的纷争、生意场上的沉浮让人无时无刻不殚精竭虑。为了得到更多的物质,一些人甚至不惜牺牲自己的人格,最后双脚陷于世俗的泥淖中,无法自拔。

一些人在物质的世界中不停地为得喜，为失悲，为成功而喜，为失败而悲，却浑然不觉自己已被物质所控制。在这样的生活中，他们时常感到大喜、大悲、大惊、大诧、大忧、大惧，这些情绪让那颗本就不那么坚强的心更加容易起伏不安。

欲望若是不能被填满，就会不停地折磨着我们的神经，让我们食不安，寝不宁。一旦希望落空，想要得到的物没有得到，想要成功的事没有成功，想要拥有的人没有拥有，失落、失意乃至失志就产生了。

佛早就看透了这一点，所以才会发出"有求皆苦"之言。若是无欲无求，心自然静，福自然来。

（二）

> 人生尽受福，人苦不知足。
> 思量事劳苦，闲着便是福。
> 思量疾厄苦，无病便是福。
> 思量患难苦，平安便是福。
> 思量死来苦，活着便是福。
> 也不必高官厚禄，也不必堆金积玉。
> 看起来，一日三餐，有许多自然之福。
> 我劝世间人，不可不知足。

这是清代的胡澹庵写的《知足诗》，全诗中没有晦涩难懂的词汇，没有冗长难解的语句，简单的语言，便将人世间最平凡最常见的幸福列举在我们面前，让我们看到，幸福，其实真的没有那么复杂。

人的一生，原本就是充满了幸福的，之所以有那么多人感到生活辛苦，只是因为他们忘记了知足。

和事事都要亲力亲为辛苦劳作的人相比，能够悠闲生活便是幸福的；和世间无数患有疾病的人相比，能够身体健康便是幸福的；和遭受天灾人祸的人相比，能够生活平安便是幸福的；和死亡相比，能够活着便是幸福的。

即使没有金银满屋，玉器满室，只要拥有身体健康的双亲，拥有举案齐眉的爱人，拥有可爱孝顺的孩子，家中便拥有了幸福。

即使不是位高权重，月薪上万，只要时常能出门散散心，能和三五好友小聚，能有时间投入在自己的爱好上，生活中便拥有了幸福。

当我们安稳地坐在餐桌旁，一边吃着我们的粗茶淡饭，一边嫌弃饭太硬，菜太咸的时候，我们是否想过，它是我们的亲人对我们的关爱和照顾？我们是否想过，它是田间许多农户辛苦的劳作成果？我们是否想过，在这个世界上，对于某些人而言，连吃上一顿像样的饭都是奢侈，更不要说饱餐？

其实，每天能够按时吃到三餐，也是一种幸福。

其实，幸福一直没有离开过我们，若是我们感觉不到它的存在，那只是因为我们太不知足。

（三）

莫向外求，是一句颇具禅家风骨的句子。

《六祖坛经》中有云："我心自有佛，自佛是真佛，自若无佛心，向何处求佛。"这句佛经向我们表达了，佛不在他处，而在于我们的自性，所以我们无须四处寻佛，而是要向心内省察。若是我们不理自性，纵使踏遍千山万水，也只是徒劳。

"灵山莫远求，灵山只在汝心头"，是也。要得安心自在，要内求。同样，幸福与快乐也并不依赖于外物，苦乐与环境也并不一定有直接关系。

一个人若是不爱浮华，再多的珠宝在他眼中也不过是五彩的石头；一个人若是淡泊名利，地位再高的人在他眼中也不过是凡人一名；一个人若是热爱自由，再豪华的宅邸对他而言也只是暂时休息的地方。

　　所谓"境由心生"。乐来自心，心觉得乐，便是乐；心若觉得不乐，便是不乐。心不外求，便容易因拥有的感到满足，故知足常乐；一心外求，便只看到他人拥有自己没有之物，故难以得到快乐。

　　门外红尘滚滚，纷争不断，那么多，那么杂，那么乱，何必要外求？况且，世间万物皆是幻影，皆是虚无，虚无如何求？

　　苛求生失意，苛求生烦闷。看芸芸众生，哪一个不是因整天把希望寄托到别处而痛苦？若是不断完善自己的品性，施与自己和他人爱与幸福，精神便会愉悦，心态便会平和，爱和福也自然会来到我们的身边。

　　其实，心内是净土，心外是红尘。心安则身安，身安则家安。若是在净土中生活得安然自在，何必要向外求？当我们不向外求时，我们反而会得到更多。

万般自在

采菊东篱下，悠然见南山

（一）

古时，人们把考取功名当成人生的意义，认为只要考取了功名，就可以衣锦还乡，光宗耀祖，让全家人扬眉吐气；就可以飞黄腾达，拥有享不尽的荣华富贵；就可以平步青云，然后抱得美人归。

多少学子为了考取功名，十年寒窗，头悬梁，锥刺股，孜孜不倦，废寝忘食。一朝失利，万般惊恐，一次又一次落榜，再一次又一次地参加考试，于是，便有了范进这样五十四岁高龄的秀才，以及霜染发须仍然坚持不懈地参加乡试的老者们。

古时有一句话叫"百无一用是书生"。一个人若是屡试不中，便只得在周围人的白眼和奚落中讨生活。那生活自然是苦的，不仅是生活上的拮据，还有心理上的压抑。

读书人时常会想，若是自己有幸考中功名，得个一官半职，那便是天大的喜事，披红戴花，人潮簇拥，何等风光。然而，当他们真的有幸考中后，才发现在当时黑暗的官场之中，并无自己的立足之地。

官场中的污秽让一颗颗单纯的心饱受折磨。若是同流合污，内心便会不安；若是保持清高，便会受到排挤甚至陷害；想要抽身离去，却舍不得已经到手的利益；想要继续深陷，却对不起自己的良心。

最后，一些人心中的黑洞越来越大，越来越难以填满，恶事做得越来越多，直至被关入牢狱才停止。相比于他们，那些曾被他们嘲笑的农人，那些曾被他们欺凌的穷人，却依然过着安稳的日子。

也有一些人最终弃高官厚禄于不顾，挥一挥衣袖，退居于田园之中，与花草为伴。悠闲淡然的田园生活让他们为年轻时所追寻的一切而感到不值，不由得感叹错过了一生中最美好的时光。

（二）

结庐在人境，而无车马喧。
问君何能尔？心远地自偏。
采菊东篱下，悠然见南山。
山气日夕佳，飞鸟相与还。
此中有真意，欲辨已忘言。

此诗的作者陶渊明是汉魏南北朝最杰出的诗人，也是中国文学史上第一个大量写饮酒诗的诗人，他以"醉人"的语态共写了二十组饮酒题材的诗。

在陶渊明所有的饮酒诗中，有些诗对是非颠倒的上流社会进行了指责，有些诗对腐朽黑暗的世俗进行了揭露，有些诗反映了仕途的险恶，有些诗表达了他退出官场后心中的怡然自得。

前文引用的这首诗是饮酒诗中的第五首，此诗中景、情、理交融于一体，寄情深长，耐人咀嚼。

当时的官场中充满了尔虞我诈，钩心斗角，"车马喧"便是当时官场的真实写照。陶渊明厌倦了这样的生活，于是退出了官场。这首诗描述的正是他退出官场后拥有的悠闲自得的生活和心境。

　　诗人当时的住处并不十分偏僻，必然是可听得到车马的喧闹声的，然而他却能做到身居人世，却不为车马喧嚣所扰，这是为何？一句"心远地自偏"为我们作了解答。原来，只要从精神上远离闹市，不在意那些达官贵人们的车马声，那喧嚣便自然与自己无关了。

　　"采菊东篱下，悠然见南山"两句看似写景，实则写情。一个"见"字说明诗人并未刻意寻求某种所见所感，只是在采菊时"偶然见山"，并恰好"境与意会"而已。

　　黄昏时分，飞鸟返林，万物皆自在，这种感觉与诗人摆脱官场束缚后的自在感刚好相应，令诗人悟出了自然界和人生的真谛。然而，他却没有明确地表示这真谛是什么，只是给读者留下了一份思考的空间。

（三）

　　人生的意义在于何处？这是一个值得每个人思考的问题。人们常常在无意间想起这个问题，或在寂寞时思索这个问题，却每次都不得其解。

　　一些人把功名看成人生中最有意义的事，一些人把成就一番事业看成人生中最有意义的事，一些人把赢得无尽的财富看成人生中最有意义的事，一些人把超越所有人看成人生中最有意义的事。

　　其实，若是身居要职却无一好友，这样的人生不算有意义；若是事业有成却无人相伴，这样的人生不算有意义；若是家财万贯却一人独享，这样的人生也不算有意义。

　　是的，并非只有表面的荣耀才能让人生变得有意义。身份和地位只能让我们看起来更尊贵，却不能让我们拥有真正的朋友；成功的事业能让我们得到社会的认可，却不能让我们的内心不再孤独；金钱能让我们的生活变得更舒适，却不能让我们的生活变得更幸福；超越别人能让我们更优秀，也会拉开我们与身边人的距离。

　　热情地对待身边人，朋友满天下是有意义的事；努力工作，让家人过上舒适的生活是有意义的事；家庭美满，膝下儿孙成群也是有意义的事；用自己的钱财帮助那些有需要的人，让他们感到温暖是有意义的事。保持内心的纯净也是有意义的事。

　　当我们不让自己的天性被周遭的龌龊所玷污，当我们能够用心去欣赏大自然的清新和生机，当我们不沉迷于功名利禄的诱惑，当我们倾听我们内心的声音，不浮躁，不浮夸。这些，便都是有意义的事。

胸怀坦荡

野旷天低树,
江清月近人

（一）

一片叶子脱离依附的树干,静静地飘落。一些人看到,不由得想到自己漂泊在外,无依无靠,并为之感伤；另一些人看到,却是赞赏那落叶为了保存树的能量,奉献自己的精神。

一朵鲜花枯萎了,芬芳尽失,跌入泥土里。一些人看到,不由得想到自己也曾拥有而如今已逝的花样年华,并为之哀叹；另一些人看到,却是钦佩那花努力绽放到最后一刻的乐观的精神。

一朵烟花冲上夜空,璀璨地绽放又渐渐地变淡,淡出人们的视线。一些人看到,不由得想到自己曾经的辉煌,并为之遗憾；另一些人看到,却是感叹烟花燃烧自己、照亮别人的无私精神。

触景生情,人之常情,然而景同,人不同,情便不同。同样的景象,在某些人的眼中,便是伤感,是追悔,是遗憾,是绝望；而在另一些人的眼中,便是自由,是洒脱,是启程,是新的希望。

之所以如此,只因拥有不同的胸怀。

比海洋更辽阔的是天空,比天空更辽阔的是人的胸怀。许多时候,世间的事,"成也胸怀,败也胸怀"。

若是胸怀宽广，便可站得高，看得远，便可在世间拥有许多真诚以待的朋友，结识许多可并肩而行的同伴。

若是胸怀坦荡，便可挺胸抬头地成就一番事业，便可不为犯下的错而不安，便可使人一生无憾。

（二）

> 移舟泊烟渚，
> 日暮客愁新。
> 野旷天低树，
> 江清月近人。

建德江上的沙洲，云遮雾绕，在诗人孟浩然看来，那是深深的离愁。

小小的，小小的船，在日落西山的雾气里，漂泊着，漂泊着，渐渐靠近笼着烟气的沙洲。诗人独坐在船上，看到那南方的江水，清澈得见底，看到月亮从旷野边低低的树中悄悄地露出羞涩的脸颊，看到广阔的天空不断延伸着它的范围，仿佛比树还要低。

曾经年少爱追梦，满心抱负入长安。而今却只能孑然一身，怀着一腔被弃置的忧愤南寻吴越。纵使天空更加广阔，自己却只能仰望，追思故乡。想到这里，他不禁惆怅，轻轻地叹了一口气。

然而，水是那样的清，洗去了离愁，月是那样的明亮，让悲伤无处容身。仔细观望，那孤单的月竟恰好与他的心相似，于是，浅浅的愁思散去了，心绪也渐渐豁达起来。

没有别人，只有一湾江水、一轮圆月、一片矮树。

既然已是如此，与其心怀惆怅，不如好好地欣赏这美景吧。那过去的总是过去了，若是让它们不断绞着内心，遮盖住双目，岂不是辜负了这景色吗？

全诗只字不提诗人出发的背景，不提船行途中的经历，不提诗人的内心感受，只是轻描淡写了舟泊暮宿所见的场景，却刚好表现出了诗人先忧愁，而后坦荡安心的心境。

（三）

生活中充满了种种意外，它们常常会让我们心慌意乱，手足无措。若说世间有什么人能够对一切意外泰然处之，那人便定是位胸怀坦荡之人。

胸怀坦荡之人所迈出的每一步都那么从容，那么安然自若。坎坷、波折和惊险吓不倒他们，人生的风雨和苦难对他们而言，也不过是生活中的一剂调味剂，让生活更加精彩。

胸怀坦荡的人是无私的。无论何时，身边的人若是需要帮助，他们便会如秋风卷走落叶一般，将那些身陷困境的人身边的麻烦统统清理干净，然后潇洒地离开，不求感谢，也不图报答。

胸怀坦荡的人坚信"清者自清，浊者自浊"，他们不会因别人的恶意中伤与人争执，不会因别人的污蔑和冤枉与对方水火不容。

胸怀坦荡的人从不忌讳被人指出自己的过错，所以面对别人的过错，他们也会直言不讳地指出来。若是自己错了，他们一定会改过，若是别人错了，他们也不会姑息。

胸怀坦荡，才不会耿耿于怀于过去，才不会斤斤计较于现在，才不会狐疑猜忌于将来，才不会因为自己的苦乐和悲欢而蒙蔽双眼；胸怀坦荡，才会以他人之喜为己喜，以他人之忧为己忧，才会用平常心对待生活中的名和利，才会大方结交四海宾朋和八方来客，才会真诚地称赞和欣赏他人。

　　胸怀坦荡的人，才能真正在各种场合中如鱼得水，在生命的海洋中乘风破浪，创造五彩缤纷的人生。

君子养德

不要人夸颜色好，只留清气满乾坤

（一）

何为君子？

君子必是有德之人。

他们拥有平和的心态，无论什么时候，都谦谦有礼，处变不惊。他们会非常温柔地、真诚地对待身边的人，无论对方什么身份、地位和家境，他们都会一视同仁。

他们能倾听不同的人发出的不同声音，并听得出其中的对错。若是一些别有用心的人在他们面前花言巧语，故作委屈，他们绝不会心生同情。

"君子不妄动，动必有道；君子不徒语，语必有理；君子不苟求，求必有义；君子不虚行，行必有正。"

君子不做不经思考或没有道理的事，他们懂得克制自己的情绪，不会冲动，做事前必然三思而后行。

君子不讲没有道理或没有根据的话，他们心口如一，懂得自己应该说什么。

君子不贪心妄想获得或强取不属于自己的东西，若是有人请他们做一些违背道德的事，即使许诺他们许多好处，他们也不会同意。

君子不做违背道义或伤害他人之事。他们能看清世间的是非曲直，坚守人间的道义，清楚自己的道德底线。

君子，必然是一个善良的人，一个坦荡的人，一个心无杂念的人。

德行出众之人是以为君子，他们不会与世间污浊之人同流合污，不会任污浊之事畅通无阻。无论在什么环境中，他们都能够坚守道义，做一个问心无愧之人，他们所到之处，也会受到他们的感化，变得更加崇尚道义，变得更加洁净。

（二）

吾家洗砚池头树，个个花开淡墨痕。
不要人夸颜色好，只留清气满乾坤。

这是一首题画诗，其作者王冕既是一位诗人，也是一位画家。这首《墨梅》不但向我们展示了一幅梅开池边的美丽图画，还从字里行间表达出了诗人只愿坚守贞洁，不愿向世俗低头，不愿逢迎献媚的高尚气节。一首小诗，巧妙地将"诗格""画格"和"人格"融合在了一起。

诗人说，自己家的洗砚池边有一棵梅树，树上的每一朵梅花开放时都会透出淡淡的墨痕，其实借用的是王羲之"临池学书，池水尽黑"这一典故。人们常有把同姓之人称为"本家"之说，诗人与王羲之同姓，故在诗的开头使用了"吾家"。

那满树的梅花，静静地开放着，丝毫不在意是否会有人夸赞它们的颜色好看。它们在枝头淡淡地微笑，释放着淡淡的清香，这香气静静地弥漫在天地之间，久久不散。梅花不求人夸，诗人亦然，他只愿自己能在人间留下一些美德，让它们如梅花的香气一般，淡淡地停留，淡淡地弥漫。

回顾诗人的一生，幼时因家贫不能入学堂，只得白天放牛，晚上在长明灯下苦苦自学。随着年龄的增长，他的才华渐渐显示出来。虽然屡试不中，可是他不愿攀附权贵，所以一直不得志。

最后，他在世俗中看透了人情冷暖，便不再求仕，归隐浙东，继续过着"淡泊以明志"的半饥不饱的生活。

全诗中，一个"淡"字，一个"满"字可谓点睛之笔，既道出了梅花的朴素淡雅，又写出了梅香的充盈激荡，并从中突显出诗人鄙视流俗，独善其身的品格。

（三）

"处世不必邀功，无过便是功；与人不求感德，无怨便是德。"

做了一件好事，生怕别人不知，四处宣扬的不是真的有德；与人为善，一心希望对方对自己感恩戴德也不是真的有德；假借善事之名，实为自己捞取美名更不是真的有德。

真正的有德，是将行善当成自己的一部分，随时随地，自然而然地释放出善良。这种善良，没有居高临下的傲气，没有施舍于人的蔑视，有的只是能行方便则尽力多行方便的本能。

"富贵不能淫，贫贱不能移，威武不能屈"的品格是一种德。

意志不够坚定的人，常常会在艰苦的环境中失去勇气，在富贵的生活中迷失方向，在权势下委屈自己。

在富贵的时候，还能保持自己的本性，不为富贵的生活迷失自己；在贫穷的时候，还能保持自己的人格，不因生活的贫穷而降低自尊；在面对强权时，还能保持自己的信念，昂首挺胸地面对那个打压自己的人，不为强势所畏惧。这些都是德的体现。

石头即使被打碎，也不会失去它坚硬的本质；朱砂即使被研磨成粉末，也不会失去它鲜红的颜色。有德之人亦然，即使面临众多打击与失败，即使遭遇再多的不幸，也不会改变自己的高洁品质，不会改变自己的操守。

　　人的心灵若是被空虚占满，就会被放逐得越来越远。做一个有德之人，得到的不仅仅是别人的赞誉，更能让我们的内心得到安宁。德拥有神奇的力量，它能够让我们更加坦然地面对生活。

慧光佛性

溪花与禅意，相对亦无言

（一）

处凡愚而不减，在圣贤而不增，住烦恼而不乱，居禅定而不寂，是为佛性。

拥有佛性之人，便能够完成自己的品格。能够完成自己的品格之人，便是佛。

在禅定里，佛性如日光一般，永远温暖明亮，不失功能。佛性一旦存在，无论经历多少困扰，无论在六道里轮回多少次，都会保持它的本性，不乱，不变。

众生皆有佛性，然而，大多数人却与佛性失之交臂，何故？

每个人都拥有两个自己，一个是肉身的自己，一个是内在的自己，也就是自性。肉身让人们拥有生存的本能，也让人们产生了五种欲望，即色欲、食欲、睡眠欲、财欲和名欲，它们随时干扰着人们的自性，破坏着人们的佛性。

自性清净心，只有自性才能让人保持佛性。

人心本是清净之物，奈何身处现实之中，免不了受到各种烦恼的扰乱和染污。一旦烦恼丛生，人心便会出现波动，不再清净。人心不再清净，自性便没了安稳的容身之处。

若是我们总是图方便，任性过活，只会让自己越来越深陷于痛苦之中，让心越来越受困于迷惑的丝缕之中，让自性渐渐被驱逐出境。

心和自性如"人"字的两笔，互相依靠，互相支持。心明净而自性安，自性在而心平静。心明净了，自性安了，佛性也就自然现了。

守住心，守住自性，才能让心变得纯净，让佛性日渐苏醒。

（二）

当世间的生活让我们感到失意和苦闷，当人生让我们感到困惑，我们就会期望过一种不同的生活，或是去一处无人之境，或是去寻一位能让我们清心之人，与他交谈，然后得到慰藉。

> 一路经行处，莓苔见屐痕。
> 白云依静渚，芳草闭闲门。
> 过雨看松色，随山到水源。
> 溪花与禅意，相对亦忘言。

公元766—779年前后，许多人都想要摆脱时代的失意、政治的苦闷、人世的困惑，追求一种宁静淡泊的生活和心境。刘长卿的这首《寻南溪常道士》也反映了当时的"时代心声"。

一条人迹罕至的小径通向深幽的山谷中，诗人顺着"莓苔"上的"屐痕"一路寻找，希望所寻之人就在不远的前方。然而当他寻到小屋前，看到在远方悠悠的白云和静静的小洲的衬托下，紧闭的房门前碧草丛生，才知自己要寻的人并不在家。

一场雨过后，松色翠绿得如若新生一般，山中弥漫着清新宜人的气息。诗人继续向山中走去，沿着缘山道探寻水源。山中小路曲曲绕绕，峰回路转处，林壑深秀，水声潺潺。诗人在溪花中感到了禅意，于是产生了与佛道互融，而进入"相对亦忘言"的心情。

全诗中虽未见一个"寻"字，却能让人看到来访者一路寻找的过程和心中的闲情逸致。一切都显得恬静自然，和谐默契，来访寻人而不遇的一丝淡淡的怅然，就这样自然而然地被这清幽、宁静的环境所平复了。

诗人本意是入山拜访常道士，最后虽然未见道士一面，却领略到了恬静的清趣，这让他的心中充满了惬意和满足。尤其是当自在恬然的心境和清幽静谧的物象交融为一时，这种满足感就更加强烈了。

（三）

有时，我们在园中播下许多种子，天天盼着它们生根，发芽，开花，结果，可是却无果而终；有时，我们无心插下的一株柳条，反而在多年后扎根泥土，在几十年后生成了一棵大树，这便是"有心栽花花不开，无心插柳柳成荫"的奇妙因缘。

人生中的境遇就是这么奇妙，有时看起来志在必得的事，却只换来草草而终；有时看起来不起眼之举，却能引发一连串的后续反应；有时，努力地劝自己将全部身心都投入其中，反而适得其反；有时，放松一些，顺心而为，结果竟然是出人意料的好。

人们往往因为这些"意外"感叹命运的不公，却很少有人能参透这其中的奥秘，那些看似无意而为之的事，并非真的无意，而是受到了一种神秘力量的控制，这力量便是自性。

或许你会无意中拾起掉落在地上的纸屑，将它扔进垃圾箱；或许你会本能地挡开身边人头上掉落的花盆，即使你明知自己可能受伤；或许你会自然地把纸巾递给一位正在哭泣的陌生人，即使你们并不相识。

或许你会因为捡起一片纸屑而深受领导的欣赏，或许你会因为英勇救人而得到一位美丽姑娘的青睐，或许你会因为温柔和体贴得到一位对你死心塌地的朋友。

当这些结果发生时，有谁会想到，那帮助我们的，恰恰正是经常被我们忽视的自性。

一件事的成败，有时与刻意的计划并无关联，内心深处最深切的渴望，才是促使它发展的真正动力。同样，于人而言，自性才是让人下意识做一些事情的原因。

有心栽下的花，未必是自己最想达成的心愿，无心插下的柳，也许才代表了心中最真实的想法。

人间不寒

即问渔翁何所有，一壶清酒一竿风

（一）

曾有一家电台的主持人在节目中提出一个问题："什么样的生活才是最好的生活？"问题一抛出，各种各样的回答便迫不及待地飞进了导播间。

有人说，丰衣足食的生活是最好的生活；有人说，可以尽情买下自己心爱之物的生活是最好的生活；有人说，在现有的事业上做出一番成就的生活是最好的生活；有人说，背着行囊四处游走，自由自在的生活是最好的生活；有人说，稳定平静，优哉游哉的生活是最好的生活。

究竟什么样的生活才是最好的生活？决定其答案的并不是某个人的经历、某个人的幻想，或某个人的经验和阅历，而是每个人的心。

每个人都有适合自己的生活，也许有些人适合云游四方，也许有些人适合安居乐业，也许有些人适合在职场中冲浪，也许有些人适合在某一岗位上做着平凡的事。

无论怎样的生活，只要当事人的心里是清楚的，脑中是清醒的，认准了，不会后悔，便足够了。

过好自己的生活，只要没有对其他人造成伤害，何须在意别人的评论？过着自己喜欢的生活，只要没有对其他人造成干扰，又何须在意别人的眼光？

（二）

一只小小的乌篷船在水中飘摇，水波轻轻地拍打着船舷，雨滴敲击着船篷，发出"吧嗒""吧嗒"的声响。远远望去，篷下，一位老渔翁正戴着蓑笠，安然地坐在那里。他没有把船系在岸边，任凭小小的船在风波中东摇西晃。

若是有人隔着朦胧的雨帘问他，拥有什么值得欣慰之物，他便会微笑着举起一只手中的酒壶，然后挥一挥另一只手中的钓竿，哪怕那钓竿上什么都没有。在山月和翔鸥的陪伴下，他自由自在地静坐着，任船飘荡五湖之中。

静坐几个小时不动不是真的平静，能够用平和的心态笑看人间万象，才是真的平静。就如这诗中戴着蓑笠的渔翁。

浪打轻船雨打篷，遥看篷下有渔翁。蓑笠不收船不系，任西东。

即问渔翁何所有，一壶清酒一竿风。山月与鸥长作伴，五湖中。

这首《浣溪沙·敦煌曲子词》向读者展现了一幅平静舒心的画面。外面下着雨，渔翁却悠然自得地坐在船中，没有垂钓，也没有归家。饮一口酒，吹一吹风，那任游天地间的气度，让人顿感轻松自在。

空荡的湖面上，只有渔翁一人独享着这风雨中的景色，这便是他的生命状态。酒，或许并不是美酒，他却饮得自得其乐。一艘小船、一壶清酒、一竿风月，简单一生，一切都那么的自然，那么的真实，没有一丝的刻意。那令人看后深感羡慕的，不正是这一份自然，这一份淳朴，这一份超脱和这一份自在吗？

万物生长随时、随性、随遇、随缘、随喜，人生亦然。用轻松乐观的心态面对生活，随遇而安，不愤不躁，不怨不乱，便没有能让人感到悲伤的事情了。

（三）

你若不疑，人间不寒，你若不恨，苍天有暖。

若是橡树因自己没有松树高大挺拔而感到害羞，不敢挺直身躯；松树因自己无法结出苹果那样甜美诱人的果实而感到惭愧，不敢毅然耸立；苹果树因自己不能开出玫瑰一般芬芳艳丽的花朵而感到自卑，不敢开花结果，世间的树木将会变得如何？

花开有声，风过无痕。缘起会灭，缘生还空。自然界早在冥冥之中为我们制定好了各自的角色，设计好了不同的情节，不因自己不拥有的感到自卑，才能不怕风雨雷电的狂袭，才能让心中永远充满阳光，让那些一直存在我们体内的优势得到释放。

不要怀疑，世上的一切都有因果；不要怀疑，世上的每一个人都有他特殊的存在意义。自然界有它的规律，我们按照它的规律去走，生活就会变得精彩，与它的规律相违背，人生便会一塌糊涂。

相信这世上的一切事都是合理的，轻松地过好每一天。有缘，不推；无缘，不求。静静地听花开的声音，听雨落的声音，听自己内心的声音。

有缘之事，便让它来；无缘之事，便让它去。对事如此，对人也如此，便是面对生活，面对困难，面对艰险，面对得失时最佳的态度。

相信该来的总会来，只是或早或晚，相信不该来的即使望穿秋水，也是无用。

　　勉强终归不能如意,强求势必不会甜蜜。尽心尽力做好自己,尽心无憾便是,自得其乐便是,何必要强求事事顺意,何必要强求自己与他人相同?

第六辑

随缘·一方一净土

灵魂归属

处处逢归路，头头达故乡

（一）

何为人生最大的痛苦？

生离自然痛苦，却有重逢之时的喜悦在等待；死别自然痛苦，却也会随着时间的流逝渐渐变淡；失败自然痛苦，却是向着成功更近了一步；所求不得自然痛苦，却总会有得到的那一天。

若是心灵始终没有归属，才是最大的痛苦。

一颗心飘荡于天地间，时而随着风起风落；时而如乘坐过山车般，历尽颠簸；时而沉入深邃的海底，尝尽海水的苦涩；时而从高空突然坠落。那无一刻安宁的感觉，那不曾安定的感觉，便是最大的痛苦。

那不安，不仅仅是孤单，不仅仅是寂寞，是一枚叶子被大风扯着上下飞舞，不愿如此却无法抗拒的无奈。

那不安，不仅仅是迷惑，不仅仅是犹豫，是一只小船在大海中找不到方向，只能任凭海浪将它翻转的悲哀。

那不安，痛过千万生离死别，痛过千万情爱纠缠，痛过千万孝义两难。

心无归属，便会不安。平日里，这不安如一条小虫细细地啃噬着我们的每一条神经，让我们莫名地烦躁；遇事时，这不安如一支大桨用力地拍击着我们的胸腔，让我们恐惧万分。

每个人的心灵都需要归属感。若是心灵有了归属，孤单时，亦能找到让自己快乐的方法；偶尔有些迷惑，很快便能在心的指引下走出迷雾；所谓的那些困扰着人们的事情，也就成了一片云烟，过去了，便烟消云散。

房子是身体的寄所，我们躲在房间里，可以让身体免受雨打风吹，却不能真正拥有平静。只有当我们的心灵找到了归属，生活才会变得越来越平静，越来越安宁。

（二）

世界上有两种人，一种人想得多做得少，一种人想得少做得多。

有的人一脚踏入水坑，便马上把脚收了回来，面对意外他总是发出种种感慨，然后开始怀疑自己的决定和已经看到希望的未来。有的人踏着荆棘一路走来，努力耕耘从过去到现在，面对不时发生的种种意外，他只是微笑地对它们说拜拜。

无论我们想得多或者想得少，只要我们的生命还在，生活就总要过下去。路在每一个人的脚下，只要大步向前走，一定能够到达。若是想得太多，让担忧束缚了前进的脚步，就会让人变得越来越懦弱。

处处逢归路，头头达故乡。
本来成现事，何必待思量。

认准的事就去做吧，一直做下去，不要犹豫，不要彷徨；认准的路就去走吧，一直往前走，不要往两边看。

目的地就在前方，只要继续向前走就能到达，为什么还要犹豫不决，或者绕道而行？禅道明明白白地呈现在眼前，何必舍近求远，迟迟不前？

有时候，我们的担忧只是杞人忧天，只是庸人自扰。若是我们怕了，我们就输了，没有输给困难，没有输给阻碍，而是输给了犹豫，输给了自己。

想得太多，会让自己变得压抑；想得太多，会让自己越发患得患失；想得太多，反而会让自己没了主意，没了方向，没了勇气。

在有限的时间里，确定了就去做，不要让一些未知甚至不可能发生的事情挡住你前行的脚步，不要让犹豫成为你心中的枷锁，不要让人生中多留下一丝遗憾。

（三）

人的生命一天天缩短，灵魂与一个轮回之间的距离也一天天缩短。当那一天终于到来之时，灵魂便会离开我们的身体，我们的生命也就到了终点。此时，眼不能见，耳不能听，心跳止，气息绝，六根尽失。

人生，心有归属便是心安；人死，灵魂又将归向何处？

有人说，善良之人的灵魂会飞向天国，在天国中享受宁静平和的幸福；邪恶之人的灵魂会堕入地狱，饱受各种处罚和刑具的折磨。

有人说，人死后，灵魂会越飞越高，一直飞上天际，成为天空中的一颗星星，每天注视着还活在地球上的、自己牵挂的人。

人的灵魂从一开始就注定了它要去向何处，无论我们怎么想，怎么扭转它的方向，它都会向着事先设定好的方向前进。这是再自然不过的事情了，即使我们堵住它的一条路，它也会另寻一条新的路向着那里前进。既然如此，我们又何必苦恼？

谁都避免不了死亡，所以，面对死亡，我们不必害怕，不必过度担忧。当我们能够坦然地面对死亡，我们的灵魂才能够更轻松地到达它本该到达的地方。

心如明镜

薄暮空潭曲,安禅制毒龙

（一）

明镜，一件家家户户都有的平常之物，一件每日立于床头，供我们梳妆打扮之物，一件让我们看到自己的模样，并加以修整之物。它每日静静地守在我们的房间里，等待我们观望它，而当我们站在它面前时，却只看到一个好似自己，又不完全是自己的人。

"以铜为镜，可以正衣冠。以史为镜，可以知兴替。以人为镜，可以明得失。"此时的镜，已不再是一个整日立在床头的简单之物了，它成为了一种借鉴，供人们观察自己，视察过去，审视内心。

真实存在的镜，能够反射出我们浮于外表的不足，我们可以对着它修饰自己的容貌，平整自己的衣着，变换自己的发型，却不能对着它填补我们内心缺少之物，修整我们内心长出的根根刺藤。

若有一面明镜，可照进我们的心里，映射出我们的灵魂，我们便可以时刻清楚地知道自己想要的、想做的、想拥有的究竟是什么。

那镜应是纯粹、澄澈、清明的，不然，要如何映出我们的内心？那镜应是不贪、不嗔、不疑的，不然，要如何抵御这凡尘世界中的种种纷扰？那镜应是稳固、坚实、安定的，不然，要如何在不断侵袭的风雨中站稳？

　　想要守护自己的自性，将内心的一切看得分明，心如明镜，便是最好的选择了。

（二）

　　　　　　不知香积寺，数里入云峰。
　　　　　　古木无人径，深山何处钟。
　　　　　　泉声咽危石，日色冷青松。
　　　　　　薄暮空潭曲，安禅制毒龙。

　　还未曾知晓香积寺的位置便入了山，深入了数里后，到达了云雾缭绕的山峰下。山中只见古木参天，不见人行路径，只听得深山里不知何处传来古寺的钟鸣。

　　山中奔跑的泉水撞击到危石，发出如同幽咽的声响。日光淡淡地照进松林里，透着无尽的冷清。直到天色渐黑之时，终于到达了香积寺，那空阔幽静的水潭，恰好可以让人心得到宁静。

　　这首王维的《过香积寺》写出了诗人沉湎于佛学的恬静心境。那古寺周围宁静和幽邃的环境与他的心境刚好呼应，浑然天成。

　　与尘世隔绝，进入如此清净之地，又有几人能够放不下那些俗事？在这样的环境中，诗人放下了心中的杂念，放下了与尘世的绊牵，放下了那些随时都可能消逝的外物，一心向佛，独自静修，心中那些不安的因素也就自然而然地退去了。

　　心中没有杂念，何愁无法清修？当心中的欲望放下了，心就变得纯净了，宁静了。心一旦纯净了，宁静了，人便安然了。

（三）

物我两相忘，杂念自然无。

若想做到"心明如镜"，只需放下已经过的念头，将精神集中于当下。如若不然，将已过的时间强行停留于脑海，再将已过时效的念头强行滞留于脑海中，又怎能有精力看清当下的自己？又怎能有心情来领悟此刻的人生？

放不下前世，今生就必然活得辛苦，放不下过去，将来就必然过得艰辛。

有的人固执地坚守着过去的不幸，让自己披着一副寂寞的皮囊和阴郁的头纱，就那么一天天颓废下去，消沉下去。他们盖住了心镜与这个世界的接口，断了心镜与这个世界的联系。任凭身边的花开了又谢，任凭花瓣飞舞过身，却没有丝毫感觉。

有的人固执地将自己塞入一个小巧的盒子，盒子里有无数过去的美梦，整日拥挤着，吵闹着，纠缠着。双眼已经习惯了盒中的黑暗，一旦打开盒盖，美梦消散，眼前没了遮挡，便会在阳光下泪流满面。

过去的只是回忆，它们皆属于过去，只有放下，它们才会还我们一个轻松的，真正的自己。放下，并不代表忘记，我们可以记得发生过的事，经过的人，走过的路，但是不要让岁月的青苔遮掩自己的心灵，只守着属于过去的那一寸光阴。

放下了，看开了，便不会再被世事诱惑，不会再被寂寞摆布，不会再被杂念纠缠。如此，便可心如明镜，不惹尘埃。

生死荣枯

春有百花秋有月，夏有凉风冬有雪

（一）

一年四季，春夏秋冬。每一个季节都有它独特的韵味，都有它无与伦比的美。

春日里，微风携着细雨的手款款而来。远山仿佛在一夜之间变成了青色，那一抹淡淡的绿，在阳光的照耀中显得生机勃勃。花园中，一枚枚羞涩的花苞脸颊上泛着淡淡的红晕。站立在路两旁的柳树，向经过的人们挥动着轻柔的手臂。

夏日里，百花齐放，满园芬芳。那身着美丽衣衫的蝶，在花丛中身姿翩然，演绎着一场动人的芭蕾。溪水欢快地奔跑着，热情奔放的鱼儿在溪水中上下跳跃，迎接着这美丽的盛夏。稚嫩的绿叶已变成了深绿色，将从天而降的阳光剥成一缕缕的金丝。

秋日里，枫叶像一只只小小的手掌，轻轻地拍在路人的身上，那红红的颜色，让人感到暖暖的。田间流动着的是收获的喜悦，果园中弥漫着清新的果香。天边的云霞像是姑娘害羞时的脸。南飞的大雁，整齐地排成一队，整齐地拍打着翅膀。

冬日里，漫天的雪花飘落。纯洁的雪，落在哪里，哪里就成了一片洁白。刺骨的寒风中，红梅傲然地绽放着它的笑脸，松树笔直地挺着它的胸膛。在松软的雪地里，在冻实了的冰面上，孩子们清脆的笑声久久地回荡。

一年四季，若是有心欣赏，每一季都是色彩鲜艳的美丽画卷；若是无心欣赏，再美的景色也成了漆黑房间里的一幅照片。

（二）

春有百花秋有月，夏有凉风冬有雪。
若无闲事挂心头，便是人间好时节。

这是宋代无门和尚的《颂》。无门和尚，即后来的慧开禅师，这首诗出自他的名著《无门关》中的第十九则，它的意思是：只要我们的心中不被俗念琐事所困扰，就能够体会到每一个季节中的美丽。

慧开禅师剃度后，曾多处寻师访道，却一直无法寻得契机。一次，他去拜访万寿寺的月林禅师，月林禅师让他参"无"字话头，然而他对着"无"字整整参了六年，却仍没有找到契机所在。

慧开禅师立志要将"无"字话头参透，于是他对自己要求更加严格，不敢有丝毫懈怠。终于有一天，他在法堂内经行的时候，听到斋堂的一头传来一阵一阵的击鼓声，那鼓声绵绵密密，如排山倒海般冲入他的耳朵，也冲开了他心中长久以来的阻塞。

正因自己因苦参"无"字话头而开悟，所以他对"无"字法门尤其重视，并从历代禅宗重要的公案中选出了四十八期，编纂成了《无门关》一书。此书的第一则为赵州禅师"狗子无佛性"的公案，因为这一公案充分地体现出了六祖慧能大师"无念、无相、无性"的思想要旨。

慧开禅师认为：春季里百花盛开，芬芳四溢；秋季里明月当空，月光皎洁；夏季里的凉风，总是让人倍感舒适；冬季里的雪，总美得让人心动。一年四季中，每个季节都是美丽的，只要我们放宽心怀，不要整天想着一些琐事，为之烦心牵挂，这些美景就会自然而然地映入我们的眼帘。

（三）

生死枯荣，世间常事，无人能逃，无人能改。

原野上的草，一岁一枯荣，岁岁循环，这是它们的规律；枝头上的花，一年一开，一年一谢，这是它们的规律；屋檐下的燕，秋去春来，往返于南北方之间，这是它们的规律。

身为世间平凡人，生老病死，经历苦乐悲喜，便是我们的规律。

痛苦降临时，若是我们集中注意力感受那份痛苦，痛苦就会变得更苦；受伤时，若是我们集中注意力感受那份伤痛，伤痛就会变得更痛；衰老时，若是我们集中注意力感受衰老带来的不便，不便就会更多。

芬芳的香气，美丽的色彩，秀丽的风景，舒适的体验，都可以减轻我们身体的痛感，也能让人的心情变得愉悦。一旦拥有了愉悦的心情，那些痛感就会变得更轻，那些不舒服的感觉就会消失得更快。

如此简单有效的做法摆在我们面前，我们还有什么理由选择让自己痛苦的那些事物，而不选择让自己舒适的那些事物？

当痛苦、悲伤等情绪降临到我们的内心时，不要在意它，不要让它们挡住我们欣赏美好的眼睛，不要让它们阻碍我们感受美好的神经，不要让它们封闭我们呼吸美好的能力。

  放下琐事,放下束缚,让我们自由地感受生活中的美好,自由地享受美好的生活。

静水流深

江海寄余生，小舟从此逝，

（一）

阳光下，站在湖边，凝视那一潭湖水，水面静静的，仿佛睡着了一般。心中的焦虑渐渐淡去，竟不由得想要走进湖里，让那宁静在身边环绕。

偶尔拂过湖面的微风，让湖面变得像一匹起伏的丝绸，闪着耀眼的光。那光仿佛有一种魔力，将人的眼神吸了过去，将人的心吸了进去。

我们羡慕湖水的宁静，可有谁知道，那平静的湖水下，是怎样的世界？在那里，是否也有暗潮涌动？在那里，是否也充满着纠葛？

也许，我们一旦迈入其中，那些隐藏在湖底的水草就会缠绕住我们的双脚，将我们拉向更深处；也许，我们一旦迈入其中，那些棱角尖锐的碎石就会将我们的双脚割伤；也许，我们一旦迈入其中，那些湍急的暗流就会用力推着我们的脚踝，将我们推向更远的地方。

我们只知平日看到的水面是平静的，又可知水下的世界到底有多深，有多复杂，有多纷扰？是的，我们不知道。

若是能够一眼看穿，便不会有那么多人贸然闯入那些看似平静清浅的湖，最后淹没在湖里。

越是清澈见底的水越喧哗，越是深不可测的水越平静。那清澈见底的，欢快地奔跑，若是被凸起的石头绊倒，就会泪花四溅；那深不可测的，沉稳地行走，即使被石头的棱角摩擦得痛了，也仍然平静。

湖水如此，世界如此，人心亦是如此。

（二）

豪放派诗人苏轼曾有过一段被贬黄州团练副使的经历，这份经历长达五年，使他的内心充满了压抑和痛苦。然而，这种压抑和痛苦并没有让他沉浸其中，并因此消沉一生。

在这一时期内，苏轼创作了一首《临江仙》，词中通过描写一种宁静舒缓的风景，表现出了他旷达恬淡的情怀，向往自由和宁静的心境，以及磊落豁达的胸襟。

夜饮东坡醒复醉，归来仿佛三更。家童鼻息已雷鸣。敲门都不应，倚杖听江声。

长恨此身非我有，何时忘却营营？夜阑风静縠纹平。小舟从此逝，江海寄余生。

诗人在夜间饮酒，醉了便睡，醒后又继续饮酒，反复几次后，终于酩酊大醉。当他回到家时，大约已经三更了。家童已经睡熟了，诗人敲门许久，却无人答应，只听到门内传出的鼾声大得好像雷鸣。于是，他只得拄着手杖来到江边，静静地聆听那奔流的长江发出壮阔的声响。

在这样的夜里，诗人不由得对自己没有自由身而产生一种怨恨。他想，自己什么时候才能忘却名利，不用继续在名利场中奔走？夜色越来越深，越来越浓，江风也伴着夜深而渐渐地停了下来，最后恢复了平静。酒也渐渐醒了，诗人从浮生梦中醒来，突然想到若是能驾着小舟悄然引退，自由遨游于江海之上度过余生也好。

只有怀有平静自由之心的人才能发现和感受到这样的美景，才能放浪形骸，超脱于天地之上。苏轼正是拥有这样的心境，才能如此洒脱地吟出这样的词句。

（三）

光阴流转，千年已逝。世间万物已变，未变的，是人们对官场和名利场的渴望。那些为名利所驱，终日在尘世间徘徊的人仍不在少数。

作家赵万里在名为《静水流深》的散文集中将"静"看作生命的完满，将"水"看作生命的本源，将"流"看作生命的体现，将"深"看作生命的蕴藉。初读时有些不知其意，但细细品味后，便会恍悟确实如此。

"静水流深"不是恰好与那些面容平静，态度平和，无论发生什么事都不动声色，心内却蕴藏着无限的心思的人相符吗？

"静"是柔和不张扬的态度，是能容天下难容之事的气量，是丰富却不溢于言表的内心活动。

"水"是一种清澈洁净的人品，是不为世俗所污染的清心，是波澜不惊的定力。

"流"是活力，是激情，是脚踏实地地前行，是因势利导，不被形式、形状、条件等拘束。

"深"是自省时的深刻，考虑问题时的深远，研究事情时的深入，也是浓厚的实力和扎实的功底，更是不流于得失的执着和厚积薄发的力量。

"静水流深"是一种修养，一种气度。拥有这种修养的人，极少表露自己的感情。他们"不以物喜，不以己悲"，能在喜悦到来时冷静思考，能在失败到来时从容面对。

这样的人，洞察了身边的一切，自然不会在矛盾中挣扎，不会被欲望捆绑，这便是他们拥有长久的快乐和真正的自由的秘诀。

"乱花渐欲迷人眼"，人世间充满了喧闹与嘈杂，只有拥有平常心的人才能在这物欲横流的世界中过着不为所动的生活。

浮生若茶

> 怎得梅花扑鼻香
> 不经一番寒彻骨，

（一）

清茶一杯，杯口处飘着淡淡的雾气，如薄纱袖，如轻罗裳。一缕茶香若有若无地往来于茶杯与品茶人之间，如一位仙女，悄悄地从茶杯中跃起，然后翩翩起舞。

薄薄的香味在空气中萦绕着，生活的繁芜也淡了，品茶人的心情湿润了。

有些人在寻求心静的感觉时，喜欢挑一个安静的角落，泡上一杯茶，坐在那里一动不动，就那样看着杯中的雾气袅袅升起，然后消散。闻一闻茶香，品一品茶味，那心情便如在茶中浸泡过一般，变得清香四溢了。

泡茶需用沸水。应将沸水分几次注入放了茶叶的壶中或杯中，才能使干燥的叶片在沉浮中充分舒展开来，才能使香气升腾起来，然后向外弥漫。

随着沸水的注入，壶中变得热闹起来，茶叶上下翻滚着，拥挤着，细微的清香也被它们搅得溢出了茶壶。水一次次注入，茶叶一次次翻腾，茶香也一次次变得更浓郁。

直到那一枚枚紧缩着身体的茶叶变成一叶叶绿衣仙子，在沸水中从容翩然地舞蹈，那安静却不沉沦的积极，便让人不由得凝视，久久不愿移开目光。

用沸水沏茶，茶叶在反复的沉浮中渐渐苏醒。

若是用水不同，不用沸水而用温水或冷水，茶叶便会浮于水上，而不是上下翻腾。若是没有了这番翻腾的过程，茶叶的清香也就无法释放出来了。

智者爱喝茶，因为他们在茶中窥见了整个世界，领悟到了生命的意义。世间的芸芸众生，何尝不是如茶叶一般历经了沉浮，才散发出了生命的芳香？

（二）

正如事间万事都有因果一样，我们在生命中看到的任何一份美景都不是平白而生的。唐朝的黄蘖禅师在《上堂开示颂》中提到的"不经一番寒彻骨，怎得梅花扑鼻香"也是同样的道理。

梅花一直被人们视为一种品质高出群芳的植物。它那耐得住严寒的高贵品质，不在暴风雪中低头的顽强，让人既生怜爱，又生敬佩。

> 尘劳迥脱事非常，紧把绳头做一场。
> 不经一番寒彻骨，怎得梅花扑鼻香。

诗的作者黄蘖禅师是佛门禅宗的一代高僧，他写下这首诗，并非仅仅为赞颂梅花高贵的品质和气节，还借此诗表达了自己在修行的路上，无论遇到什么苦难，都会坚持下去的决心。

不经风雨，怎见彩虹？

若不是挨过了寒冷的冬季，经受住了一次次风霜摧折之苦，梅花又怎会散发出素馨沁人的幽香？面对重重困难，种种打击，若不是心意坚定，坚持不懈，勇往直前，又怎能走向成功？

梅花在绽放之前经历了严冬的考验，人在成才之前也要经历磨难的考验，只有通过了考验，付出了努力和代价，克服了困难和恐惧，才能够绽放出耀眼的光芒。

走在人生的路上，若是路面平稳坚实，即使我们从上面来回走过数次，踏破了无数双鞋子，也不一定能够留下足迹。若是路面泥泞湿滑，哪怕只经历一次，也会让我们的脚印印在路上。

没有经历过风雨的人，就仿佛一直走在一条平整坚硬的路上，走到最后，什么都不会留下。而那些经历了风雨的人们，只要回过头，就会看到泥泞中留下的两行足迹，那便是他们努力过的证明，也是他们生命的价值。

（三）

饮茶之人甚多，懂茶之人却甚少。

人们通常只知用水不同，茶叶的沉浮便不同，若问其中的禅意，一些人便从滔滔不绝变成了哑口无言。

浮生若茶，我们每个人又何尝不是一撮生命的清茶？

当命运的水冰冷透骨时，我们的身体无比紧张，无比僵硬，不知所措，每一个细胞都缩成了一小团，浑身上下都在打着寒战；当命运之水变得温暖却未曾沸腾时，我们喜欢上这种温暾的感觉，并静静地沉睡其中，忘记了时间和空间，忘记了自己原本可以释放出的力量。

只有当命运之水变得滚烫时，我们的身体才开始复苏，思维才开始跳跃，我们一边承受着滚烫的痛苦，一边享受着自我的释放。我们的生命，也正是在一次次的挫折和坎坷中变得越来越精彩，如同茶叶的味道在一次次的跌宕起伏中由淡变浓，历久弥香。

对于世间的所有生物而言，生命中的起伏都弥足珍贵。

毛毛虫在化蝶之前，要在茧中忍耐许久，然后挣扎许久，直到自己的躯体变得结实，翅膀变得有力，才会冲破外面坚硬的茧，冲上碧蓝的天空，快乐地飞翔。

鹰在四十岁的时候，只有敲掉越来越钝的喙，拔掉越来越弯的爪和越来越厚的羽毛，然后花上五个月的时间等待它们重新长出，才能够继续它余下的三十年生命。

"宝剑锋从磨砺出，梅花香自苦寒来。"顺境只能造就幸运儿，却造就不了雄才。只有挫折才能让人成长，只有磨难才能让人变得越来越坚强。

处变不惊

坐看云起时
行到水穷处，

（一）

　　紧张，是种奇怪的感觉。人在紧张时，会感觉自己就像一根拉得太紧的琴弦，越绷越紧，随时都有可能崩断；也会感觉自己像一只吹得很大的气球，越胀越大，随时都有可能炸开。

　　紧张，无时无处不在。人们遇到突然发生的事情会紧张，面对心仪的人会紧张，面临巨大的考验会紧张，哪怕只是想到一些重要的事情也会紧张。

　　紧张之后，便是慌乱。

　　有的人在面试时突然忘记了自己要说的话，努力组织语言却只说出一些胡言乱语；有的人在烹饪时突然失手多加了一点盐，急于补救却打翻整个调味罐；有的人在演出时突然出现了一个小失误，过分在意使得接下来的演出失误连连。

　　为什么要紧张？那些未知的问题并不一定真的会发生，那些在别人身上发生过的不幸也不一定会发生在自己身上。

　　紧张，只是因为太在意，太在意成败，太在意别人的看法，太在意得失。在意得越多，就越容易焦躁，越容易胆小，越容易慌乱。

并不是不断告诉自己不要紧张，就能够不去过分在意。相反，越是这样告诉自己，就越容易过分在意。真正不会紧张的人，在意的永远只是过程，而非结果，他们会尽力去做好每一件事，做完便放下，至于结果，他们选择随缘随分。

当一个人能够时刻让头脑保持冷静，处变不惊，超然物外，收放自如时，紧张也就自然而然地消除了。

（二）

唐代山水田园诗人王维在《终南别业》一诗中写道：

中岁颇好道，晚家南山陲。
兴来每独往，胜事空自知。
行到水穷处，坐看云起时。
偶然值林叟，谈笑无还期。

诗人在中年以后对尘俗感到厌倦，开始信奉佛教，并于晚年安居在终南山边陲的辋川别业。与他兴趣相投的人并不多，所以每逢他有兴致时，只得独自一人四处游览，赏景怡情。虽然无人相伴，他却也能自得其乐，陶醉其中。

既然独自游玩，便没了牵绊和顾忌，于是诗人一路随意行走，走到哪里便算哪里。不知不觉中，抬头一看，竟然已到流水的尽头，前方再无路可走，便索性坐下，乐悠悠地看着天边变化万千的白云。

那白云来去无心，本就能给人以悠闲的感觉，诗人如此坐在一边看着它，那闲适的心境也就自然而然地从文字中浮现出来了。

若是此时恰好又偶遇了几位乡亲，与他们相谈甚欢，这出行便更加令人愉悦了。诗人的出行本就是偶然，无数的偶然重叠在一起，诗人的悠闲之情便更加突出了。

也许在一些人眼中，诗人已走到山穷水尽的地步，然而在诗人眼中，这一切都包含着生机。

纵使水流已断又如何？那水在阳光下变成水汽飞上天空，凝结成云，再变成雨，又会重新回到地面上，还怕山涧没有水吗？

纵使前方无路又如何？也许旁边丛生的杂草中，恰好有一条被掩盖的小路，即使真的没有向前的路了，至少还可以向回走，不是吗？

一首小诗，将诗人那种天性淡逸，超然物外的风采表露无遗。

（三）

在生命的过程中，我们每个人都在努力经营着爱情、事业、学问、家庭……然而，纵使我们为之付出我们的一切，我们也避免不了在途中遇到种种阻碍和意外，即使我们顺利到达了终点，也并不一定能够看到我们所期望的结果。

世事变幻，祸福无常。当我们在生活中突遇意外时，我们将何去何从？是花容失色，手足无措，还是处变不惊，从容应对？

"宠辱不惊，闲看庭前花开花落；去留无意，漫随天外云卷云舒。"这是怎样一种舒适的心境？又是怎样一种理想的生活状态？然而人世间，真能做到处变不惊的人少之又少。

当身边人遭遇意外时，很多人会用"塞翁失马，焉知非福？塞翁得马，安知非祸"之类的话来安慰他们，劝他们安心淡定。然而，当同样的事情降临到自己身上时，他们却乱了步伐，乱了心境。

人们走到山穷水尽之时，心中难免悲伤、失落，甚至绝望。可是，悲伤不能改变已成的事实，失落不能拨开天空的阴霾，绝望不能劈开面前的山峰。

既然如此，何必还要去悲伤，去失落，去绝望？

天上的云已飘过，就随它去吧，不要一再惋惜；错过的人已离开，就随他去吧，不要一再留恋。

当我们感觉无路可走时，不妨抬头看一看天空的辽阔，再回头看一看自己走过的路。也许，我们只是脚步太匆忙，不小心选错了分岔路口，也许那个我们一直想见的人，恰好站在我们出发的地方，等待我们回头。

低下头来

低头便见水中天，
手把青秧插满田，

（一）

我们都是苍茫宇宙中的一颗种子，风起时，我们被吹向世界各地；风停时，我们在不同地域落地生根；雨露滋润我们发芽，阳光促使我们成长。

渐渐地，我们长大了，长高了，看着身边那些刚刚破土的幼苗，看着那些与我们同一时期萌芽，却没有我们高大的同类们，我们心中充满了无限的骄傲和自豪。

我们昂首挺胸地站在园子里，自以为是地环顾着周围，却看到一些比我们高大，却将头低低埋下的伙伴。我们不解，疑惑，但却没有追问，仍然昂首挺胸，摆出一副高傲的姿态。

直到有一天，我们的头脑变得充实了，这才明白为什么那些伙伴们要低下它们的头，它们低头并不是因为自卑，而是因为谦逊。

自负的人无法成长，无法领悟到世上的知识，无法领悟到生活的真谛。要想认识真理，就要谦冲自牧，把头低下来，这样才能让头脑得到知识，让心智得到成长，让品格得到完善。

只有放低姿态，保持一颗谦逊的心，才能让自己越来越优秀，越来越充实。

（二）

> 手把青秧插满田，低头便见水中天。
> 心地清净方为道，退步原来是向前。

这是一首经典禅诗，作者是布袋和尚。诗中向我们描绘了一幅极为平常的画面，却饱含着深深的禅理。

一个人弯着腰，将青嫩的秧苗一棵棵插进田地里，他全神贯注地从事着这项工作，不知不觉中，田地里便已满是秧苗了。也许其他人会觉得这工作太枯燥，太乏味，而他却不这么认为，看着满田插好的秧苗，他的心中是无尽的喜悦。

人们总认为想要得道便必须四处求索，就如同想要看天空就必须抬起头来一般。其实，这种固化的思维恰恰阻挡了人们得道之路。

何须要抬头看天？低下头时，在水田里同样可以看得到蔚蓝的天空。何苦要去四处寻禅问道？若是心地清净，即使只是在田间插秧，也同样可以悟到佛家真理。这便是佛教所弘扬的"无我心"。

插一秧，退一步，看似在倒退，却已成就了一番事业。这便是"以退为进，以柔克刚"的智慧。

一般人认为，人生只有不停地向上看，向前走，才会有成就，才会变得风光，而这首诗中却向我们展示了另一种达成成就的方式，那就是"退步"。在"退步"中向前，在"退步"中进步是一种更高的境界，能够在"低头"时看到天空，能够在"退步"中前进的人，才是更卓越的人。

（三）

　　自然界中，色彩愈是美丽的昆虫越容易成为天敌的目标，即使它们身负剧毒，也难逃被捕食的命运；相反，那些相貌平平的谦卑者，虽然没有艳丽的外表，低调地生存着，却也恰好巧妙地骗过了捕杀者的眼睛，避免了被捕食的命运。

　　人生活在自然界中，自然也逃不出这一规律。《书经》云："满招损，谦受益。"我们不难在生活中发现许多才华横溢但傲慢无礼的人，无论怎样努力，都难以得到旁人的认可和尊敬。而那些小心行事，低调谦逊的人，反而更容易受到人们的喜欢。

　　谦逊不仅体现了一个人的内在美，有时还会决定人生的成败。没有谦逊，只有傲慢，再大的成就也会失去光泽。傲慢会使人从巅峰滑向深渊，而谦逊却可以让一个人从平凡一步步走向辉煌。

　　有人错把自大当成自信，却不知，真正的自信，恰恰与谦逊紧密相连。那些到处吹嘘自己如何富有的人，往往正是因为害怕自己有一天会失去；而那些真正自信的人，从来不会因为这样的事情感到担忧，所以才会时刻保持谦逊，从不对人炫耀自己的拥有。

　　谦逊不代表软弱，反而更加衬托出了一个人的强大。因为自大的人常常盛气凌人，傲慢自负，虚张声势，故弄玄虚，若不如此，便无法掩饰内心的不安和空虚；而谦逊的人能够宽容大度，恭敬谦让，悠然自得，这才是真正的强大。

思而不乱

芳树无人花自落，
春山一路鸟空啼

（一）

思虑使人伤神，忧虑使人伤心。

世间的变幻无常让人们越来越胆怯，对未知之事的不安让人们越来越习惯推理和猜测。那些推理和猜测像是经由蚕吐出的丝，越吐越多，越缠越密，一层层地将人包裹其中。

有的人总是希望一切都在自己的掌握之中，若是不把事事安排妥当，心中就会一直忐忑不安。

有的人本以为前思后想可以免去许多麻烦，却没想到想得越多，可能发生的问题就越多。

有的人本以为想得多了，面对未知的世界时就会更轻松，却没想到过多的思虑像一块重重的大石，压得心里无法透气。

人们的头脑中不断充斥着这样的念头：若是这样做，会如何？若是那样做，会如何？若是什么都不做，又会如何？若是坚持，会如何？若是放弃，会如何？若是半推半就，又会如何？

殊不知，这些念头往往只是庸人自扰。

并不是所有猜测都会成真，并不是所有的担忧都可能发生。世间一切皆有定数，有时候，考虑得再细，想得再多，也不会对事情的发展有任何的帮助。

若一个人总是让复杂的思虑充满自己的身心，那个原本就很复杂的世界就会变得更复杂了。

（二）

宜阳城下草萋萋，涧水东流复向西。
芳树无人花自落，春山一路鸟空啼。

诗人站在宜阳城头观风景。记得当年的宜阳城下，风景秀丽，花草遍地，如今却只剩下荒芜的土地和茂盛的野草。那曾被农民们汲引灌溉农田的山泉，如今也清冷了许多，就那样孤单地从一侧流向另一侧。

回想当年，这女几山上古木流泉，鸟语花香，景色妍丽，山花烂漫，鸟语婉转，每年都会吸引大批皇亲贵族和游人墨客前来观赏。而如今，不但无人光顾，就连住在附近的耕农、樵夫和村姑都不见了人影。

昔日吸引无数游客的香竹、古柳、怪柏、苍松，如今都已无人问津，就连那吐芳的花朵，也只能静静地开放，再静静地凋落。山花烂漫中，只能听到鸟儿的"空啼"，一声声，一阵阵，听起来那么哀伤，那么凄凉。

这首诗是唐代诗人李华所作的《春行即兴》，诗人在诗中用了对偶的手法，如"芳树"对"春山"，"花"对"鸟"，"自落"对"空啼"，充分表现了女几山的荒凉，并由此衬托出了诗人心中的哀伤。

女几山本是著名的风景区，一场安史之乱使它遭受了严重的破坏。虽然诗中所描写的绿草、芳树、山泉、鸟语都是一些宜人之景，但是若将这些景色与诗人当时的心情结合起来，就会发现诗人写它们的目的，都只是为了衬托出自己内心凄凉的心境。

一切都回不去了，那些美好的过去，都随着时光掩埋在了泥土里，这一切，怎能让人不悲伤？

（三）

思，是为了更好地做。若是思得偏了、乱了，便成了负担，失去了它的意义。沉重的思虑会使人无法安睡，太重的忧思会令人身体虚弱，久而久之，非但没有为人解忧，反而令人深受其害。

多思则乱。过多的思虑会让人心陷入慌乱，不知所措，犹豫不前，也会让人焦虑不已，日夜难安。若是如此，倒不如顺其自然，不去想那些未知的是非成败，不去想那些可能存在的起伏得失，就跟着自己的心，静静地、稳稳地向前走。

思的最高境界，是思而不乱。

我们在年轻时，总会遇到许多分岔口，此时，若不静下来想一想自己想要的到底是什么，便很可能走错路、上错车，一步错，步步皆错。

然而，若是想得太多、太细，具体到每一步可能踏到什么样的路面，路上又会遇见什么，任自己思虑重重，这路走起来就艰难得多。

只有知道自己应该考虑的是什么，知道自己需要考虑的是什么，才能准确地做决定，然后沿着自己的决定踏踏实实地走下去，不会一步三回头，或是没走出几步，便时刻犹豫着要不要回到起点，另选一条路重走。

心思不为外物外景所动，不为外人外事所扰，确定自己内心最清晰的那一个标记，并坚守着这个标记，让它屹立不倒，便可让自己的思绪始终沿着正确的轨道前进。

第七辑

沧桑・一笑一尘缘

一盏心灯
欲将沉醉换悲凉,清歌莫断肠

（一）

家，世界上最温暖的地方，游子们最想要停泊的港口。那些远在他乡漂泊的人们，有几人不会在夜深人静时想起自己舒适的小窝，想起家中可口的饭菜，想起与家人在客厅里围坐一堂的时光？

乡愁，是每一个游子心中都会自然而然萌生的一种情绪，它不断拨弄着每一位游子的思绪，让他们无法释怀。那浓浓的乡音，那美味的家乡菜，那亲切的家乡人，都时刻牵动着他们的心绪。

人们常说时光可以冲淡一切，然而，千百年来，思乡之情却从未被时光冲淡过。

披星戴月地奔波，梦中却总会出现同一扇窗，那窗边熟悉的人和熟悉的灯光，让人不由得泪水满眶。有时也会偶尔迷失方向，在忙碌中，在欢乐中，错把他乡当成了故乡，却在看到类似的灯光时，不由得向家的方向张望。

有多少青涩的容颜在时间的流逝中渐渐衰老，有多少飘逸的青丝在岁月的洗涤中渐渐发白，有多少妙龄女子的身材由于结婚生子而走样，有多少健硕男子的威武由于年龄增长而不再。然而，即使入了他乡，随了他俗，讲着一口标准的他乡话，心中隐藏的那份乡情却未曾更改。

这世上，有太多人思念家人却不得见，思念家乡却不得归，只得当乡愁在胸中满溢之时，强颜欢笑，饮酒一杯。太多话不能说出口，只得抬起头，让眼泪一滴滴，一股股，向着心底那个秘密花园，缓缓地流。

（二）

天边金掌露成霜，云随雁字长。绿杯红袖趁重阳，人情似故乡。

兰佩紫，菊簪黄，殷勤理旧狂。欲将沉醉换悲凉，清歌莫断肠！

这首《阮郎归》是晏几道于重阳佳节在汴京宴饮时所作，全词随着词人感情的变化由浅入深，由空灵而入厚重，将词人波澜起伏的心情表露无遗，整首词中透露着悲凉凄冷的意境，却并无绝望之意。

天边的铜人手掌中托着的托盘中，那晶莹的玉露已经凝结成了霜。一行归家的大雁向远方飞去，天边的云朵，也随着它们远去的方向，越拉越长。

美酒盛满翠绿色的酒杯，红衣女子舞动着的长袖，勾勒出好一幅美丽的景象。众人欢饮，那温暖的人情，让人仿佛回到了思念的故乡。

摘一朵紫茎的兰花，将它佩戴于胸前，再采几朵黄菊，将它们别在头上当作发簪，回想当年的自己，竭力使自己再次释放出从前的那种狂放。

酒一杯接一杯地倒入口中，然后让它们一路畅通地流进胃里，以为这样就可以让自己沉醉，驱散心中的悲凉。怎奈动人的歌声突然响起，只得祈祷它千万不要唤起那隐藏在心中的哀伤。

词人适逢佳节却作客他乡，虽然在当地居民热情的款待中感到了"人情似故乡"的亲切，却也浇不灭心中对家乡的渴望。词人仿佛有着许多悲凉的情绪，却又并未将它们完全地展示出来。于是使全词充满了若隐若现的愁情。

（三）

每个人的心中都有一盏灯，它悄悄地居住在每个人心灵的灯塔里。白天的时候，它默不作声，静静地守候着我们；当黑夜降临后，它便释放出它的能量，在黑夜里为我们指明方向。

然而，许多时候，我们却宁可茫然地满世界寻找光明，也不肯低下头，看一看自己心里的那一盏心灯。于是，我们即使整日生活在天堂里，却仍然不能满足和快乐，即使拥有了一切，心里却仍然觉得痛苦。

我们看到的世界，其实都是我们内心的投射。我们想要遇到什么样的人，就会在生活中遇到什么样的人；我们的心里渴望什么样的生活，就会在生活中经历什么样的事情。

而当我们的心灯布满灰尘，世界就会一片灰暗，人生之路会异常艰难。如若心灯明亮，世界会变得美好，身边的人的世界也会被照亮。

若是想要拥有美好的人生，就必须找到心灯，擦亮它，然后点亮它，让它充分地释放出它的光和热，这样它才能照亮我们的生活。即使现实的灯光会熄灭，在漫漫长夜里，只要那一盏亮在心灵深处的灯没有熄灭，生活便不会失去希望和方向。

点一盏心灯，让它陪伴我们坦然地走过坎坷，让它为我们轻轻抹去心头的阴云。当每个人的心灯都是明亮的，世上就不会再有痛苦的人；当千万盏心灯聚集在一起的时候，悲伤、痛苦和灾难便不会再存在于这个世界上。

红尘修行

细看便是华严偈，
方便风开智慧花

（一）

阅读过许多古代的诗词后，提及修行，人们脑中便总会出现这样一幅画面：在山清水秀之处，寻一间小屋，开一席之地，从此与世隔绝，不闻世外事，自给自足，粗茶淡饭，每日诵经、种田、养花，日出而作，日落而息。

在人们心中，修行，便是放下俗世，远离红尘；便是削发为尼，剃度为僧；便是深山古寺，小径禅房。仿佛离开了这些，便无法修行一般。

其实，修行最重在于心。虽然自古修行讲究简朴，讲究放下，却并不意味着远离了尘世间的种种物质，便能够真正地静下心来，参禅礼佛。

即使离开了繁华都市，只身一人住在偏远的小屋里，若是整日留恋大都市里的灯红酒绿，留恋那些纸醉金迷，留恋那些如花美颜，留恋那些夜夜笙歌的日子，心中满是不甘，又怎可修行？

真正的修行，并不意味着丢弃所有已有的财物，丢弃已有的感情，也不是逃避他处，不敢正视过去，而是懂得淡然纷扰，珍惜美好。

（二）

> 欲悟色空为佛事，故栽芳树在僧家。
> 细看便是华严偈，方便风开智慧花。

白居易的这首《僧院花》，他将深奥的华严义理赋予一株芳树，在愉悦的审美中，抒发了一种超然的禅悟。

一直在菩萨像前供奉百合，硕大的洁白而芬芳的花朵，在蓓蕾初绽的时候买回，等到怒放，也不过是几天的时间。我们总是受着利欲的驱使，日日夜夜地奔忙，不断重复着得到与失去的戏剧故事。而当某一个寂寥的午夜里，那花朵的芬芳缥缈而来，提醒着它的鲜艳欲滴，也提醒着我们，这红尘里有很多转瞬即逝的美好。

也或者，当我们注意到它们的时候，花已枯萎，零落残败。这花开花谢转瞬间，不由得让人唏嘘。

它曾经那么美不胜收，却又那么短暂，好似一场春梦，还没有赏尽它的美，它便离去了，又好似一片朝云，一去，便去得无影无踪。

（三）

何为"红尘"？我们所生活的世界中，有人，有情，有感，有悟，基于这些人、情、感、悟而产生的世界，便是红尘。

大千世界，人生如花，转瞬枯荣；红尘如梦，来无影去无踪。

享受、欲望、作为、看、听、闻、尝、触、感觉的一切现象都是一场梦，在梦中，我们经历了生死、善恶、苦乐的体验，那逼真的感受让我们以为它们在我们的生命中画下了重重的痕迹，却不知那些其实都只是幻象，我们只不过刚好从一大片影子中穿过而已。

每个人的人生都是一场无止境的修行，我们在修行中领悟，在修行中坚持，在修行中完善，希望有一天能够到达极乐。

若说红尘中也可修行，必将有许多人跳出来反驳，那红尘中充满了爱恨情仇，充满了利欲熏心，如此的环境中，怎能净心？若不净心，如何修行？

却不知，身在红尘中，便是红尘中人。在红尘中修行，恰好能让我们时时觉察到自己的心灵、情绪和身体。珍视生命，珍视美好，不负此生，亦是一种高境界的修行。

勘破放下

锦瑟无端五十弦，一弦一柱思华年

（一）

逝者如斯夫，不舍昼夜。韶华易逝，美梦难追。

伊人美丽的容颜消失在天边，理想织就的气泡破裂在眼前，让人失意得无可奈何。

那远去的爱人，无数次出现在梦中，熟悉的微笑仿佛触手可及，却无论如何也触碰不到。每当望向他，他只是微笑，无言，然后渐渐地在风中越变越浅。

谁能理解这种难舍，竟比现实中的生离死别更痛，竟能让泪水浸湿整张枕巾，竟能让人在梦醒后，仍然为之泣不成声？

为何如此？只因曾经太美。

那两人携手相对，脉脉含情的日子；那不需言语，便心有灵犀的每一次凝视；那轻轻将头枕在肩膀，便拥有了整个世界般的幸福……一切的一切，纵使过了数年，甚至数十年，也不会淡去。

爱人不在，爱却依然，这是何等的悲哀。

情放不下，心中的郁结便解不开。无论走到哪里，哪怕只是一个相似的身影，都会让心不由得一阵悸动；哪怕只是一个熟悉的音符，都会让心如受重击；哪怕只是一种类似的花香，都会让心突然间紧紧地、紧紧地压进去，难以呼吸。

爱之深，痛之切。爱得越深，痛得越切。每每想到那个人不会再回来，就会产生一种痛，如凌迟般，一刀一刀地割着心口的肉，每一刀都恰到好处，不太深，也不太浅，刚好让血液流出，却又不会一刀致命。

于是，离开的那个人，走了便毫无知觉。而还留在原地的那个人，独自悲伤着，任由泪水成河，任由自己在风中风化。

（二）

> 锦瑟无端五十弦，一弦一柱思华年。
> 庄生晓梦迷蝴蝶，望帝春心托杜鹃。
> 沧海月明珠有泪，蓝田日暖玉生烟。
> 此情可待成追忆，只是当时已惘然。

此诗是李商隐一生中最美的诗篇之一，诗中表达了诗人的"悼亡"和"自伤"之情。一觞一咏，抑扬顿挫的音调和节律不知勾起了多少连年的回忆。

诗人吟诵着，感怀着，悲哀着，无奈着，这一切的缘起，都是那把美丽的瑟。他的哀歌，也是千万人的哀歌，他的锦瑟，也是千万人的锦瑟。

凄茫的双眼怔怔地凝视着无人弹奏的锦瑟，细细审阅着那精致美丽的琴弦。伊人曾弹奏，在那青春年少之时，而现如今，伊人远去，渺茫在天际，留下自己在政治的旋涡中痛苦挣扎。

原本的二十五根弦断成了五十根弦，即使如此，那每一根弦却仍能让人回想起那些美好的年华。于是，诗人如庄周一般让自己迷醉在化蝶的梦中，向往着那份自由，然后让自己如望帝一般的苦，托付给啼血的杜鹃。

满心的悲哀，让明月倒映在海里的影子，看起来也像是眼泪化成的珍珠。那犹如生烟似的良玉，或许只有在彼时彼地的蓝田中才能生成，在如今的这个环境中，想要看到它是不可能的了。

回忆着当年那些美好的事和心爱的人，意识到它们的珍贵，心中一阵一阵地伤感，却只能让它们留在回忆之中。若是当时懂得这一点便好了，只可惜，那时的自己只当它们是平常，并不知珍惜。

（三）

这唐朝的哀歌，历代的文人都曾同哀过。宦海沉浮，谁又没有落魄的时候？

每个人一生中都会经历不止一段感情，那些过去的感情，就像一包又一包巨大的行李，总会压得我们喘不过气。我们若带着它们上路，就会无心欣赏沿途的美景。

当我们穿过人生的深潭时，那些沉痛的往事，如同一块块沉重的巨石，我们若抱着它们，它们就会将我们带入深不见底的潭底，让我们再也浮不出水面，最后在漆黑冰冷的潭底长眠。

只有丢开那些巨石，四肢并用向前方划动，我们才会到达芳草繁茂、鲜花成簇的对岸。

错过的已经错过了，无论谁对谁错，结束了就是结束了，何必反复思量，更何况感情里从来就没有对错。既然上一段感情已经无法弥补，何必要为了它错过前方更美丽的感情？

放下了过去，就是卸下了包袱。我们只有轻装上阵，才能把最好的自己展现出来，才能让幸福主动跳到我们面前。

当我们坐在岸边喘着气、滴着水的时候，当我们回头看我们经历过的一切的时候,那些巨石早已沉得无影无踪了。阳光会一点点将我们身上的水晒干,直到我们的身体恢复干爽。此时,我们舒展一下身体,会感到无比轻松。

羽化成蝶

一樽还酹江月
人生如梦，

（一）

　　一只毛毛虫在茧中睡了很久，梦中，一切都是那样的黑暗，那样的无趣，那样的孤独。突然有一天，它从梦中醒来，同时感到自己的身体发生了巨大的变化。有一种力量促使它用力地向外冲，它的背上，竟然还有一对不知是什么的东西在帮它挣脱身边的束缚。

　　努力，再努力，当它终于冲破外面的束缚之时，那不见天日的苦闷，那无法伸展的逼仄便全在它那翩然一舞中一去不返了。

　　它惊喜地发现，自己再也不是那只满身花斑的丑八怪，再也不是没有手脚只能在地上匍匐行走的小可怜，再也不是孩子们见了便大叫并用石头投掷的讨厌鬼。

　　毛毛虫的梦结束了，蝴蝶的梦开始了。从此以后，它拥有了新的生活。

　　人生也是如此，一个梦接着另一个梦，前一个梦刚刚结束，后一个梦便马上开始。也许后一个梦中，还饱含着前一个梦中的情愫，然而前一个梦毕竟已经结束，就如同破了茧一般，再无修复的可能。纵使有不舍，有留恋，也只能长叹一声，从中醒来，如化成蝴蝶般翩跹而去，开始下一个不知何时会醒的梦。

第七辑
沧桑·一笑一尘缘

当属于人世间的所有的梦都醒了之后，人便不再存在于这个世界中，然而，梦并没有完全结束。那些残留的，或者未曾发掘出的，都将在另一个空间里苏醒。那新生的，看似与这一世有关，却也无关。

（二）

《念奴娇·赤壁怀古》是苏轼的名词之一，他在这首词中将写景、咏史、抒情融为一体，表面是咏史，实为抒发自己年已半百却未有所成之感。

> 大江东去，浪淘尽，千古风流人物。故垒西边，人道是，三国周郎赤壁。乱石穿空，惊涛拍岸，卷起千堆雪。江山如画，一时多少豪杰。
> 遥想公瑾当年，小乔初嫁了，雄姿英发。羽扇纶巾，谈笑间、樯橹灰飞烟灭。故国神游，多情应笑我，早生华发。人生如梦，一樽还酹江月。

滚滚长江向东流去，千百年来奔流不息，有多少才华横溢的风流才子和英雄豪杰，都在浪花的翻腾中悄悄地消逝了，再也看不到踪迹。据说那旧营垒的西边便是三国时期的赤壁，正是在那里，周瑜大破了曹兵，取得了胜利。

那两旁的石壁耸立着，仿佛穿破了天空，惊人的巨浪拍打在岸上，激起的浪花如同冬日里厚厚的积雪。大好江山美丽如画，在那个时期，曾涌现了不知多少英雄豪杰。

想起多年以前，小乔刚刚嫁给周瑜的时候，周瑜还是那样的年轻，那样的雄姿英发。他手持羽毛扇，头戴青龙丝头巾，只在谈笑之间便让曹操的军队灰飞烟灭了。

这时，诗人不由得想到，自己这样神游于三国战场，想必会被人笑自己定是因为多愁善感，才过早地长出了白发。于是他想，也罢，也罢，既然所有的事情一旦过去都会如梦一场，既然人生如梦，还不如举杯邀明月，让它与自己同饮共醉好了。

（三）

　　一个人的一生，何尝不是从一个又一个的梦中醒来，再进入一个又一个梦中？只不过有的人总是接连做着噩梦，有的人总是接连做着美梦而已。

　　没有哪个人会一生只做噩梦，也没有哪个人会一生只做美梦，美梦与噩梦交替而进行，才是一个完整的人生。人生中的失落、起伏、骤喜、骤悲，都不过是梦一场罢了。若是我们都能看得开了，看得透了，那世间便没有那么多饱受折磨的人了。

　　并不是每个人都能够从一开始就如此达观，即使是人们眼中的洒脱之士也是如此。是的，他们也曾苦闷，也曾彷徨，也曾哀愁，也曾迷茫。然而，天性的乐观使他们没有让自己被悲伤淹没，那一点乐观的天性让他们从悲伤的梦中醒了过来，去享受下一个快乐的梦。

　　如蝴蝶一般，虽然被一场大雨打湿了背后的翅膀，暂时不能再次飞翔，却可以安静耐心地等待着翅膀上的水一滴滴蒸发，变成水汽散尽在空气中，然后重新拍拍翅膀，去追逐那清冷的月光，去芬芳的花丛中舞蹈。于是，它们又重新快乐了，用一贯的洒脱，一贯的乐观，在新开启的一页空白上，认真地绘出美丽的图画，书写出新的篇章。

　　人生如梦，悲也好，喜也好，总有苏醒之时。不如用心体验每一个梦给我们带来的感受，用心让每一个梦都过得精彩。

尽心无憾

莫笑贱贫夸富贵，共成枯骨两如何

（一）

人的一生中，最大的成就便是死而无憾。

人死后，再多的荣誉，再多的钱财，再多的美眷，都会散尽，真正留下的，只有一堆白骨和一捧黄土。此时，生前的姻缘、名利、地位、身份，都与我们再无关联。

我们生前所追逐的，所期盼的，甚至不惜付出一切代价想要得到的，并不能陪伴我们一生，它们在我们生命中停留片刻，便匆匆地过去了。然而这一点，很多人直到闭眼前的那一刻，才想明白。

人生无憾，说起来简单，做起来却很难。

人的一生总交织着太多太多的遗憾，有无法与相爱之人相守终生的遗憾，有不曾在青春年少时疯狂闯荡的遗憾，有未曾在家人身旁尽孝甚至不曾见到双亲最后一面的遗憾，有为了名利放弃了轻松自在生活的遗憾。

平日的生活中，这些遗憾常常会被一些表面的满足所掩盖，不会出现在我们的面前，然而当我们的生命即将走到尽头之时，这些遗憾便全部从各个角落跳了出来。

它们张牙舞爪，它们得意至极，睁开眼，它们在我们的眼前跳跃着，闭上眼，它们在我们的心中翻搅着。

它们让我们不得安稳，迟迟不肯咽下最后一口气。它们强行将我们的灵魂捆绑在这个世界里，让我们无法得到解脱。

（二）

谁家第宅成还破，何处亲宾哭复歌？
昨日屋头堪炙手，今朝门外好张罗。
北邙未省留闲地，东海何曾有定波？
莫笑贱贫夸富贵，共成枯骨两如何？

那气派非凡的，不知是谁家新建的大宅，然而没过数日，它便破落了。那因显贵而歌的，不知是谁家的亲朋好友，然而没几日，他们又在因败亡而哭了。那权贵的家门口，昨日还簇拥着众多门客，门槛快要被挤破，然而今日，那门口空旷得可以铺一大张捕麻雀的罗。

那安息着众多王侯公卿的邙山已经人满为患，当初的沧海如今已经变成了桑田。何必夸耀谁的生活富贵，或嘲笑谁的生活贫贱，当生命走到尽头之时，世人皆成一具白骨，又哪分得出富贵贫贱？

世间一切的一切，都在不停地变化着，我们余下的生命就在变化中一天天变短。我们今天所拥有的，明天很可能就会失去，我们今天未曾拥有的，明天也很可能突然到来。不如一切随缘，顺其自然。

那未曾富贵过的人，无须羡慕他人的家财万贯；那不曾美貌的人，也无须羡慕他人的貌美如花；那些外在的都是浮华，早晚会被一堆白骨和一抔黄土所代替。

笑看，便是了。淡看，便过了。

（三）

　　世上之事，一向如此，该来的自然会来，即使我们关紧大门，它们也会从无数的缝隙中挤进来；不该来的自然不会来，即使我们打开所有的门窗，它们也不会光顾。

　　若想无憾，我们唯一能做的，便是尽心尽力做好自己。面对期望之事，尽心便好，尽力便是。

　　浩瀚的自然为我们提供了足够的空间，在自然的面前，我们都是渺小的沙砾，然而即使渺小，我们也有我们的一份力量。

　　若是我们想要做什么，便尽管去做吧，为之矢志不渝，为之竭尽全力，生命不止，努力不息。

　　尽力，并不是勉强自己去做能力范围之外的事情，而是在自己力所能及的时候，做好每一件自己能做好的事情。

　　尽力，并不是强迫自己攀上陡峭的壁，去摘那盛开在悬崖上的花，而是对自己园中的花多加照顾，让它们沐浴温和的阳光，让它们免受风雨的侵袭。

　　尽力，是及时巩固每一天学到的知识，而不是考试前彻夜不眠地复习；尽力，是有效利用好每一分工作的时间，而不是放弃一切休息的时间加班。

　　尽力，是认准方向后，不管前方的道路多么坎坷，不管风雨有多大，只要没有生命危险，便一直坚持向前。

　　世间万事大抵如此，努力便无悔，尽心便无憾。

自在圆满

月有阴晴圆缺，人有悲欢离合，

（一）

怎样的人生才是完美的人生？

是拥有无忧无虑的幼年，众星捧月的童年，意气风发的青年，呼风唤雨的中年，还是悠闲安逸的老年？

是在生命的旅途中一帆风顺，不受一点阻碍？还是努力地工作时，家中有美貌贤惠的娇妻照顾着幼子和双亲？

是能够自由掌控自己的时间，做自己想做的事？还是得到所有自己所期望拥有的东西？

儿时的我们看了太多结局完美的童话，于是总幻想着我们的生活也能如童话中一般完美。我们幻想，我们期望，为自己编织了无数美好的梦，却忽略了一件事，梦总是会醒的。

当不完美的结局硬生生地将我们的美梦打碎，当我们所幻想出的七彩泡沫被一一戳破，我们便会感到烦躁，感到沮丧，仿佛玻璃屋的屋顶瞬间崩塌。

直到梦幻破灭的那一刻，我们会哭着大喊"童话里都是骗人的"，我们会将那些童话书通通丢出房间，我们会抱着被子在房间里待上整整一天，我们会发誓再也不相信完美的存在。

然而，也许一天，也许几天，也许一年，也许几年，总会有那么一天，我们又遇到了自己喜欢的人，想要得到的物，想要经历的事。于是，我们再一次为自己设计了完美的情节，然后沉醉其中。

（二）

明月几时有，把酒问青天。
不知天上宫阙，今夕是何年。
我欲乘风归去，又恐琼楼玉宇。
高处不胜寒，起舞弄清影，何似在人间。
转朱阁，低绮户，照无眠。
不应有恨，何事长向别时圆。
人有悲欢离合，月有阴晴圆缺，此事古难全。
但愿人长久，千里共婵娟。

明月不知是从何时开始出现的，端起酒杯遥问苍天，却没有得到一丝回应。那飘浮在九天之上的宫殿，此时此刻不知应是何年何月。有心想要乘一阵清风回到天宫，却又担心自己难以忍受那琼楼玉宇之上的寒冷。不如就在人间翩翩起舞吧，那月下舞动的清影，也仿佛天上的仙。

月儿绕过朱红色的楼阁，选了一扇雕花的窗户，悄悄地挂在那上面，静静地照着没有睡意的人。那明月对人们应该不存在任何的怨恨，可是它又为什么偏要在人们离别之时才格外得圆满？自古以来，人生中的悲欢离合和月的阴晴圆缺都是无法改变的，即使再有本事的人也无法让它们得以周全。只能希望世人家中的亲人都平安健康，这样即便无法相见，也可在同一时间欣赏着同样的月光。

苏轼在月圆之夜，怀着这样的心情写出了这首《水调歌头·明月几时有》，而其中的"人有悲欢离合，月有阴晴圆缺"一句，便成了千古佳句，被人们时常提及。

是啊，人生中难免经历一次又一次的相聚，和一次又一次的分离，就像月亮不断圆了又缺，缺了又圆一般。这些事自古以来一直难以让人称心。世上万事万物都不尽完美，若不能改变它，便放下心来接受它吧。

（三）

生活总是不完美的，这却是它最自然的步调。

人生中不完美之物无处不在，如桂花、玉兰、夜来香般的素雅之花，白日里，淡淡的颜色并不十分引人注目，而一到晚上，香气便随风流动在庭院之中；如玫瑰、波斯菊之类色彩艳丽之花，白日里招摇炫目至极，入夜后，却只能静静地待在一旁，不会再有人注视。

完美的人生谁都希望拥有，不过若真的如此，人们又会觉得这生活太过于平淡，一切得到得太过于顺利，缺少了一些味道。于是，心中还是会隐隐地感觉这生活是不完美的。

每个人都期盼拥有完美的人生，却不知，正是因为这世上存在着太多的不完美，才让完美变得那么可贵，那么闪耀，那么吸引人们的眼球。若是完美真的那么容易得到，其本身便会变得不完美了。

世人无完人，世上无完事。那些过分追求完美的人总是活得很累，那些过分追求完美的人生，反而成了最残缺不全的人生，因为在人生的路上，他们错过了太多太多。

  人生在世，尽力而为便是好。若是为了刻意追求完美而对自己过分的苛刻，那完美便成了枷锁，成了破坏生活的罪过。

心外无法

那人却在灯火阑珊处
蓦然回首，

（一）

佛法中说，"心外无法，法外无心"。

在生活中，我们很难直接看到自己的模样。我们只能借助一些外界的东西来观察自己，比如照镜子、拍照片或者透过别人的眼光来认识自己。可是，别人眼中的我们就真的是我们真实的样子吗？

不是的，别人眼中的我们，镜子里的我们，照片里的我们都只是我们的外表，真正的我们不是我们的外表，不是我们的身体，不是我们的位置，不是我们的职位。

无论别人眼中的我们是什么样子的，善良的、聪明的、可恶的、愚蠢的、忠诚的、虚伪的，或背叛的，真正的我们只有一个，那就是存在于我们内心世界的自己，也就是我们的自性。自性外面，什么都没有。

外面的世界是随着我们的内心世界改变的。我们的内心世界充满阴影时，我们看外面的一切都是灰蒙蒙的，我们会把别人善意的关怀当作伪善，会把别人无意的玩笑当成嘲讽，会把别人关切的眼光当成窥探。一个人若是看什么都不顺眼，认为全世界都亏欠了他，所有人都对不起他，他的生活里全部是冷漠和不公，那么，他的内心世界一定出了问题。

若是内心世界出现了偏差，除非将它改回到正轨，否则所看到的世界将一直是颠倒的、混乱的。当内心的世界获得了改善，所看到的、感受到的世界也会随之好转。

（二）

东风夜放花千树。更吹落、星如雨。宝马雕车香满路。凤箫声动，玉壶光转，一夜鱼龙舞。

蛾儿雪柳黄金缕，笑语盈盈暗香去。众里寻他千百度，蓦然回首，那人却在，灯火阑珊处。

城里的树枝上都挂着花灯，一到夜里，花灯纷纷点亮，好像被春风吹开的满树鲜花。空中绽放的烟火火星四散，仿佛被吹落的万点流星。

宝马拉着华丽的车子奔跑在路上，途经之处，香风四溢。有人在用凤箫吹奏着乐曲，曲声悠扬，与流转的月光交错着穿过拥挤的人潮。月光如水，人们在鱼龙形状的花灯下载歌载舞。

美人们头戴亮丽的头饰，面带微笑地从人前经过，随着她们经过的，还有隐约的香气。千百次在众芳里寻找心中的那个人都没有找到，却在蓦然回首时，发现那个人正孤零零地站在灯火稀落之处。

当时的诗人得不到朝廷的重用，无处施展他的文韬武略，心中自然无比惆怅。不肯同流合污的他，只能躲在一边孤芳自赏，远离朝廷中的喧闹。

所以，也许诗中站在灯火阑珊处的那个人，正是诗人自己。虽然没有参与外人的热闹，却保住了心中那份坚定和纯洁。

（三）

  有时，世间的事就是这样，我们为了寻找某个人，离开我们所在之处，却没发现那人恰好在原地等着我们；我们为了做成某件事，放下心中最真实的自己，却没意识到想要做成这件事，非真实的自己不可。

  若是我们可以像对待自己一样对待众生，无论有情的，还是无情的；若是我们可以像对待自己一样对待所有人和事，无论与自己有关的，还是无关的；若是我们可以，这世界就会如我们所愿。

  将眼睛盯在别人身上，就会忽略了自己，将眼睛盯在自己身上，就会忽略了别人。不如将眼睛闭起来，用自性去感受，去明了，对自己的这个身体和别人的身体一视同仁。

  最理解自己的人，是我们自己；最容易伤害自己的人，也是我们自己。我们所寻的，所追的，所爱的，所恨的，所怨的，所恋的，都是我们自己。

  用真实的自己面对世界，世界就会真实地面对我们；用真实的自己面对周围的人，周围的人就会真实地面对我们；用真实的自己面对自己，自己才是真的自己。

  我们一直想要遇到一个懂我们、支持我们、安慰我们的人。其实，那个我们寻了一路的人，不在别处，就在我们心里。

第八辑

淡泊·一念一清净

不染一尘

> 深林人不知,明月来相照

（一）

人心如明镜，本不染一尘。

或许是繁杂的世界让我们的心性变得有些混乱，或许是物质化的生活让我们对外在的东西越来越看重，我们开始在脸上涂抹，只为看起来更美丽，我们开始在身体上装饰，只为看起来更与众不同。

我们越来越关注外在，甚至给自己制造了一副石膏的外衣，穿着它穿街过巷。僵硬的身体，牵强的动作，无不让我们沉重万分，可是，我们却依然坚信，这才是我们应该拥有的人生。

虚荣、浮夸，渐渐覆盖了心中的柔软，然后不断向内挤压。内心的空间越来越小，原本清净自在的自性，被压成了一枚小小的颗粒，埋进了心的最深处。

心被杂尘包裹，再也感受不到真实的世界，感受不到真实的生活，感受不到真实的自己。

痛苦渐渐浮上水面，幸福沉入谷底；焦躁渐渐浮上水面，淡定沉入谷底；悲伤渐渐浮上水面，愉悦沉入谷底。

人生旅途中的坎坷让人茫然，想要寻求一条出路，便寄希望于禅宗，却不知能让自己得以解脱的，正是自己一直努力压抑的、努力排斥的自性。

当人们百求不得而哀叹时，那可怜的自性，不得透气，悄悄地躲在角落里哭。

（二）

独坐幽篁里，弹琴复长啸。
深林人不知，明月来相照。

只身一人坐在月下，一边拂着琴，一边对着天空发出长啸。那从心中所发出的长啸，回荡在深深山林中，无人听得到。只有一轮明月在空中静静地露出安然的脸庞，似聆听，似微笑。如此清静安详的境界，却不是所有人都能体会得到的。

诗人向我们描绘了自己独自坐在月下，弹琴长啸的悠闲生活。那清新的山林，皎洁的明月，让人的内心感到无比清净。若不是心中无尘，怎能有如此感受？

诗中既写了景，又写了人，却没有突出哪一样才是诗的诗眼。每一句都那么平淡，却恰好将清新诱人的月夜和夜静人寂的情景融为一体。

自古知音难觅，知己难求。诗人那高雅闲淡、超凡脱俗的气质是难以被当时的人们所理解的，即使是在如今，也不易得到知音，然而诗人却并没有因此悲伤，他将明月当成了自己的知己，于是，这寂寥的夜便不那么难熬了。

皎洁的月光一向被人们用来形容内心清净悠远的心境。那明月静静的，月光净净的，恰似诗人此时此刻的心。

（三）

很多人不喜欢过于污浊之物，却也无法接受过于洁净之物。因为他们认为，自己的世界是灰色的，有着许多见不得光的东西，于是，一旦遇到洁净之人，他们就会感到不安，一种说不清的感觉随之在心底蔓延开来。

他们不是没有愧疚，正是因为有愧疚，才会不忍打开明净之心，他们害怕在镜中看见自己日渐丑陋的面容，害怕自己离真正的心越来越远。

他们还是不舍的，对单纯的心，对单纯的自己。可是，他们又不肯回头，于是宁可麻痹自己的神经，尽量远离那些能够唤醒他们心中美好的人、事、物。

每个人的心，最初都是洁净的，若是能够在初次受到污染时及时净化，便能立刻恢复。若是假装不理睬，假装不在意，时间久了，灰尘越积越厚，形成一层硬硬的铠甲，那心就真的再也无法透亮了。

既然已经知道只有清净的内心才能让我们活得真正快乐、坦然、轻松，我们又有什么理由不去保持一颗无尘之心？

自由在心

> 更添波浪向人间
> 何必奔冲山下去，

（一）

鸟儿生来渴望自由，所以它们整日飞翔于天际；鱼儿生来渴望自由，所以它们整日穿梭于海洋；鹿儿生来渴望自由，所以它们整日奔跑在草原上。

"生命诚可贵，爱情价更高。若为自由故，两者皆可抛。"

自古以来，人类一直没有停止对自由的向往。人们想如鸟儿般自由飞到天涯，想如鱼儿般自由游到海角，想如鹿儿般自由奔到太阳升起的地方，然而，心中却有太多的责任不能放下。

儿时，我们要努力学习。白天坐在课桌前认真听讲，晚上面对各种各样的习题，即使是假期也要出去补习。于是我们盼望长大，以为长大后就可以摆脱家人和老师的管制，变得自由。

长大后，我们要工作，要照顾家庭，我们必须每天围着它们转，不得空闲，不能自由地支配自己的时间。于是我们盼望年老，可以不用工作，不用再为了生活操劳，可以自由自在地去自己想去的地方。

然而等我们年老，拥有了大把的时间，真的可以去自己想去的地方时，却没了那份心情，也没了那份体力。当美好的景象摆在我们面前，我们眼前却只浮现出自己经历过的沧桑。

（二）

水是自由的，它奔腾不息，无孔不入，双手握不住它，利器割不断它。云是自由的，它来去不定，高高在上，没有人能束缚它、伤害它。

天平山的白云泉号称"吴中第一水"，位于山东省济南市郊东南方龙洞风景区，在龙洞马蹄峪尽头。那泉水清幽静谧，淙淙潺流，在山尖白云的映衬下，让人感到格外悠闲。

诗人白居易曾作下《白云泉》一诗，不过他并未在此诗中对天平山的巍峨高耸和白云泉的清澈澄碧施以笔墨，而是从另一个角度描写了白云泉水和山顶的白云：

天平山上白云泉，云自无心水自闲。
何必奔冲山下去，更添波浪向人间！

诗人在诗中对泉水说，人间本就纷扰，你既然有如此闲适之处可待，就不要冲下山去，给人间更添波澜了。

当时，白居易正在苏州任刺史，每日忙于政务，感到自己很不自由。他不喜欢自己这种"心为形役"的状态，所以当他看到白云泉上的白云与泉水时，便心生羡慕。那描写白云的坦荡淡泊和泉水的闲静雅致的句子，恰似诗人希望能够自由自在、自得自乐的感情。

（三）

我们感叹，我们遗憾，我们埋怨，为什么想要自由就那么难。

其实，自由并没有那么难。

并不是我们去了某个想去的地方，做了某些想做的事，我们就是自由的。真正的自由，并非远在天边，遥不可及，而是藏在我们每日的生活里。真正的束缚，并不是来自我们的工作、学习和家庭，而是来自我们自己的心里。

世间的俗事可以约束我们的身体，让我们停留在某一处无法走开，可它却无法约束我们的心灵。然而，我们的心灵一旦上了枷锁，无论我们逃到哪里，都逃不掉那份沉重，那份慌乱。

想要真正的自由，我们便不应对自己过分苛刻，过高要求，不应强迫自己做一些违背内心的事情，不应强迫自己说一些违背内心的话，不应对某些特定的人事物过分依赖。

若心是自由的，纵使眼前看到的是黑暗，也能在其他地方看到美好；若心是自由的，纵使每日重复着单调的工作，也能在心中看到一片万马奔腾的草原；若心是自由的，纵使每日身在蜗居，也能在纸上画出广阔蓝天。

我们要让心中的情绪自然地流淌，像春天冰雪初融的小溪般平缓；我们要让心中的花朵自然地绽放，像自然界中每一朵花从含苞到展露笑脸那样。

心一旦自由，人便自由了。

缘深缘浅

> 早知如此绊人心，
> 何如当初莫相识

（一）

缘，妙不可言。

这世间的所有事的发生，都依赖着一段缘，随缘而至，也随缘而终。而缘如风般不定，如云般缥缈，风起是缘，风停是缘，云聚是缘，云散也是缘。

缘是人与人之间无形的联结，是缘注定了两个人的相遇。有人说，前世五百次的回眸才能换得今生的一次擦肩而过，可见这缘是多么的难得。"十年修得同船渡，百年修得共枕眠。"若是有缘相识，那么便珍惜吧。

来也是缘，去也是缘。已得是缘，未得亦是缘。

人们常说有些人有缘无分，这"缘"便是相遇，这"分"便是相守。相遇并相守，便是缘分，只能相遇不能相守，便是有缘无分。于是，有些人因一次相逢与回眸牵手终生，有些人却只能与对方"相逢于陌路，相忘于江湖"。

缘是一种自然，刻意寻，寻不到，刻意留，留不住。人为制造出的不是缘，刻意挽留的不是缘。真正的缘只能用心去领会，它来了，就来了，推也推不掉；它走了，就走了，抓也抓不回。

缘没有固定的规律。有时,我们翘首以待,望穿秋水,缘却迟迟不肯到来;有时,我们顺其自然,安然自得,缘却轻轻地来到了我们身边。

刻意地等待不会等来缘,反而容易使我们与缘擦身而过。既然如此,不如随缘。

(二)

> 秋风清,秋月明,
> 落叶聚还散,寒鸦栖复惊。
> 相思相见知何日?此时此夜难为情!
> 入我相思门,知我相思苦,
> 长相思兮长相忆,短相思兮无穷极,
> 早知如此绊人心,何如当初莫相识。

秋风如此凄清,秋月如此明亮,枝头的叶已经枯了,一阵风起,枯叶飘落满地。那落地后的枯叶,相聚过后又分离,看得栖息在树上的寒鸦都感到心惊。

当日彼此相爱之心日月可鉴,如今却只有我一人,在这秋夜里苦苦相思,叫人情何以堪。

入了相思的门,才知相思之苦,如果仅仅是长久的相思倒也罢了,至少能当成一段美好的回忆,可那些短暂的相思日夜提醒着我,时隐时现的,更让人难以承受。如果早知这情会让人如此牵肠挂肚,不如当初就不曾相识,便省却了这些困扰。

李白在这首《秋风词》中用秋风,秋月,寒鸦烘托出悲凉的氛围,刻画出一个为情所困之人的凄婉心情。而这凄婉之情,只因缘尽。

缘已尽,人已去,只剩下曾经的点点滴滴还存在于脑海里,像电影般一遍遍回放，不禁让人悲伤中透着无奈。

缘尽了，情却还在，怎能不让人心中悲哀？

（三）

这世上，有的缘深，有的缘浅。缘深之时，狂风暴雨也撼不动它；缘浅之时，一丝微风也能将它连根拔起。

当缘尽之时到来，我们会不舍、不忍放手，可它还是会静静地毫不犹豫地将手从我们紧握的手中抽出，那么决绝，那么自然，我们甚至感觉不到它是如何离开的。

当心中的情如落花付诸流水，如落叶随了秋风，我们的心中，除了无奈，除了悲伤，除了怀念，别无他感。

有几人能在缘尽之时一笑而过，又有几人能在缘尽之时大方地挥一挥手，然后远走？这样的洒脱，怕是世间没有几人能做得到吧。更多的时候，我们会掩面而泣，会抱臂而哭，会把自己关在房间内一个人品尝着苦涩，会跑到陌生的城市释放心中的压抑。

缘分的出现是偶然，没人能预知它什么时候出现，什么时候离开，正如我们不知两片云何时会聚合，又何时会散开。若没了那份偶然，人生中就少了许多惊喜。

无论缘带给我们的是欢喜或是忧伤，它一旦经过，就再也不会回头，正如我们的人生中没有回程票一般，只能向前，不能向后。所以，既然不属于自己，那就放手吧。

缘在，便珍惜；缘尽，便不留。

无求无畏

怅然吟式微，即此羡闲逸。

（一）

欲是人的一种生理本能。每个人都会在生活中产生各种各样的"欲"。欲望越来越多，越来越大，心就会越来越贪，最后欲壑难填，陷入无止境的黑洞中。

每个人在刚刚降生到世间时，身上都无外物，自然也就不会对外物产生欲望。那时，我们最大的欲望便是口腹之欲，饥饿时会大哭，一旦饱食便又安静下来。

我们一天天长大，接触的事多了，接触的人也多了，欲望也多了。听多了欲念过强的人关于欲望的言论后，我们便容易与他们一样把欲望视为人生中的动力。却不知我们一旦对欲望不加节制，不懂得适可而止，我们的人生便进入了不断产生和满足私欲的恶性循环。

对情的欲望，对财的欲望，对权的欲望，对享乐的欲望……各种各样的欲望交织在一起，如同一张大网，将人困在其中。

被欲望左右的人，会失却初心，失却自己。他们会迷失在欲望的旋涡中，晕头转向却还乐不思蜀。他们会迷恋私欲被满足时那种飘飘欲仙的感觉，会难以承受私欲无法得到满足时那种惴惴不安的感觉，只有不断地"求",才能让他们的心中得到短暂的安静。

(二)

> 斜阳照墟落,穷巷牛羊归。
> 野老念牧童,倚杖候荆扉。
> 雉雊麦苗秀,蚕眠桑叶稀。
> 田夫荷锄至,相见语依依。
> 即此羡闲逸,怅然吟式微。

小小的村落笼罩在夕阳的余晖里,小小的巷子里遍是牧归的牛羊。老人拄着拐杖,站在柴门外等待着放牧归来的孙儿。野鸡一声声鸣叫,小麦已经准备抽穗,蚕儿吃饱了桑叶,准备入睡。

荷锄归来的农民们一见面,便欢快地聊起家常。这美好的情景令诗人心生羡慕,不由得吟起《诗经》中"式微,式微,胡不归"的诗句。

那村民们生活得简朴、单纯、安静、舒心,人人皆有所归,令诗人想到自己只身一人,在官场中经历着沉浮,那种无处可归的心情一下子涌上了心头。

何必在官场求生存?若是过着和他们一样安然自在的生活,难道不好吗?诗人越看着这些村民,越觉得这样的生活才是真正的生活,想要隐居田园的心绪渐渐在他的心中浮现。

一幅恬然自乐的田园画卷,一派自给自足的安居情景,无一不是平常事物。诗人用白描的手法将它们展现在读者面前,营造出一种身临其境的氛围。

（三）

清心寡欲的智者才知道简单是福，平淡是真，知足才能长乐。

人生在世，欲望越少，所求就越少。所得越少，需要担忧的事就越少。贪求欲者一旦被财欲、物欲、色欲、权势欲等迷住心窍，就会迷失自我，哪怕一头跌进无底的深渊，也在所不惜。

奢求越多，心就越累，不曾拥有时担心得不到，得到后就担心会失去。想着自己付出过的努力，就更加不甘心，更加不情愿将自己已得到的拱手让人。若是失去了，便会想尽办法将它夺回来。

佛经中有一句话，叫作"无欲则刚"，意思是说如果一个人没有什么欲望，就没有什么事情可以让他害怕。细想，难道不是吗？

那些贪官污吏，时时害怕东窗事发而夜不能安；那些靠着欺骗获取利益的人，时时害怕谎言被揭穿而提心吊胆。

人，无欲无求则无敌。不求，便不会害怕失去，便不会害怕失败，便不会为了一些人、事、物整日惴惴不安。然而世人都有欲望，想要做到无欲，是几乎不可能的事。

若是做不到无欲，便做到无求吧。若是未曾在欲望的驱使下做过什么负心之事，自然什么都不必怕了。

今生安好

云山海月都抛却，
赢得庄周蝶梦长

（一）

岁月如歌，前世今生如交替的乐章，一波未平，一波又起。

前世如何，无人记得。无论在前世过得好与不好，当闭眼那一刻，这些经过和记忆都会随风卷进轮回的熔炉中，渐渐熔化。当再次降临到这个世上时，说过的话，做过的事，全然不会记得。

前世的美人，今生也许只是一介莽夫；前世的公子，今生也许只是一名农妇；容貌变了，性格变了，身份变了，地位变了。谁还记得自己前一世如何倾国倾城，谁还记得自己前一世如何衣袂翩翩？

转眼间，今生也过了，于是今生的那些，也如前世的那些一并卷入了轮回的熔炉中，又一次被分解，被熔化，又一次在轮回中渐渐消逝得无影无踪。

人们常在遗憾发生之时发出"如果有来生……"的感慨，发出"我一定……"的誓言。可是来世如何，无人能够预测，无人能够掌握。那些发过的誓言，也只是漫长岁月中的一滴雨水，"滴答"一声落入岁月的长河里，便再也寻不到了。

前尘往事俱成云烟，未来无法预测，我们能把握的，只有现在。与其回想那些不可能回想起来的从前，寄希望于未曾可知的将来，不如好好地度过现有的日子，自在今生。

（二）

> 一叶扁舟泛渺茫，呈桡舞棹别宫商。
> 云山海月都抛却，赢得庄周蝶梦长。

这是一首情感真切的绝句，也是一首悟道诗，其作者原是丞相苏颂之女，她在而立之年厌倦尘世，入了空门，号妙总禅师。

既然已知红尘无奈，世事无常，何必继续眷恋那些宫闱闺阁的优越生活？诗人既已了然，便断了与过去生活的联系，划着桨，将一叶扁舟驶向了红尘之外。

永别了，那些风花雪月的生活，那些锦衣玉食的日子，那些歌舞升平的记忆，那些山海云雾的人生。此时，诗人的心中除了彻底的解脱，别无他求，她一心想去的地方，只有那如梦如幻的灵虚佳境。

"庄周蝶梦"引自《庄子·齐物论》："昔者庄周梦为胡蝶，栩栩然胡蝶也，自喻适志与！不知周也。俄然觉，则蘧蘧然周也。不知周之梦为胡蝶与，胡蝶之梦为周与？周与胡蝶，则必有分矣。此之谓物化。"

"庄周梦蝶"的故事是一个关于美梦的故事，也是一个关于心态的故事。满腹心事的庄周做了一个梦，他梦见自己变成了一只快乐的蝴蝶，再也不会被苦闷和悲伤所困扰。梦醒后，庄周遗憾了许久，却又幡然醒悟了：那翩然舞动的蝴蝶其实就是心中的自己，如果自己的心是快乐的，那么自己就可以随时像蝴蝶那般，过着快乐自在的生活了。于是那天之后，他变了，再也不会郁郁寡欢，闷闷不乐，而是成为了一个真正快乐的人。

而诗人引用这一典故，为的是说明世间一切本都是梦幻，是泡影，既然无梦，也就不必在意醒或不醒之说了。

（三）

世间事皆为梦一场，今生之事，已发生的，正在发生的，还未发生的，都只是浮云。然而纵使只是浮云，却也陪伴我们度过了一生。

既然是梦，便无须计较它的情节和结果。然而，若是可以让梦做得更美一些，那也是不错的。

有时，我们以为我们有的是时间，于是习惯了拖延，习惯了以没有准备好为借口，习惯了有话不去说，有事不去做。然后，当我们想要去说，想要去做的时候，那个人已经不在原地，那件事已经成了过去。于是，真心话只能哽在咽喉，真情谊只能闷在胸中。

每一个转身都可能成为永远，每一次再见都可能不会再见。把握好每一次的拥有，不要在失去后才知道可贵。

"花开堪折直须折，莫待无花空折枝"。凋零的花瓣不会与绿叶重逢，坠落的枯叶不会再回到树梢。珍惜每一次相遇，珍惜每一次相识，珍惜每一份感动，珍惜每一天，珍惜每一秒，便不是虚度。

时光从指缝间流走，我们在岁月中变老，只有及时说自己想说之话，爱自己所爱之人，做自己想做之事，才不会后悔。

珍惜，便可今生安好。

世事纷飞

> 翁仲无言对夕阳
> 行人欲问前朝事，

（一）

日历一页一页脱落，然后随风飘散。花谢花又开，燕去燕又回，时间，就这样流逝而过，每一天的经历，就这样离自己越来越远。

有时，昨日之事一觉醒来，便恍如隔世。没有时间品味，没有时间纠结，没有时间回顾。于是，身边发生的事情就一件件飞快地逝去了。

再次提起的时候，似乎那事已经与自己无关。纵使曾经流泪，曾经心碎，曾经疲惫，曾经痛彻心扉，如今也只会轻描淡写地讲与人听。

世间之事，混入我们的血液，流经我们的脉搏，在我们的身体里游走一遍，然后在每个细胞里留下些许印迹，然后离去。一件事走了，另一件事来了，它们交替地洗刷着我们身体里的每一个细胞，一次又一次留下痕迹又被时光磨洗，最后了无痕迹。

有谁还记得自己第一次哭泣是什么时候？有谁还记得自己第一次微笑是什么时候？有谁还记得自己第一次与人争吵是什么时候？有谁还记得自己第一次失望是什么时候？又有谁还记得自己第一次对自己残忍是什么时候？

（二）

野水空山拜墓堂，松风湿翠洒衣裳；
行人欲问前朝事，翁仲无言对夕阳。

翁仲是秦朝一员勇猛无敌的大将军，他身长一丈三尺，骁勇善战，在他死后，秦始皇为了纪念他，命人为他铸了一尊铜像，这尊铜像后来被人们称为"翁仲"。

翁仲的铜像终日站在路边，人们每每从它身边路过，都会不由得对这位劳苦功高的大将军肃然起敬。偶尔，也有路过的行人会在它面前驻足，看着它，问它前朝之事。而那铜像只是默然地目视着前方，一言不发。

前朝的人早已躺在了墓里，在时光的冲刷中，他们的血已干，肉已腐，最后只剩下一堆白骨。他们之中，大部分人的名字都已经被遗忘了，更不要说样貌之类随时都可能改变的东西。

前朝旧事就那么过去了，无论是辉煌时发生的，还是没落时发生的，无论是充满幸福的，还是充满苦涩的。有些事，发生过后，马上就被人遗忘；有些事，发生过一段时间后才被人遗忘；有些事，发生过很久后才被人遗忘。

夕阳下，诗人独自面对着翁仲的铜像，想着墓中躺着的那些人，想着前朝的那些事，思古之情顿时涌上心头。

（三）

  世间之事都是这样，无论它们在发生之时是如烟花一般绚烂，如雷鸣般巨响，如秋虫般喧闹，还是如雾气般缥缈，如野花般低调，最后都会化作天边的一缕云烟，静静地飘散在空气中，不留色彩，不留气味。
  世间之事，发生时往往令人感受深重，结束时，却如同纷飞的雪花，最后总会落在地上，然后静静地融化、蒸发，在人们不知不觉之中消失不见。
  纵使不被遗忘，也只是教科书中的文字记载，平日的生活中，没有人会将它们提起。
  世上没有过不去的事，好事会过去，坏事也会过去，开心的事会过去，不开心的事也会过去。
  没有人能拉住时间的脚步，在与时间的比赛中，人类总是输的那一方。时间一过，当时的事就成了一片蝉衣，风干了，蜕掉了。
  在纷飞无常的世事中，我们学会了成长。

归零溯源

人生若只如初见，何事秋风悲画扇

（一）

如若人生可以再来，你还会不会把那千言万语沉默地埋入梦中？无论你、我抑或是她，谁不曾背负着沉重的过去？初见初回眸，一笑百媚生，那灿烂的笑靥仿佛春日里绽放的花朵，天地皆为之黯然失色。

结束之后，归零溯源，我们都在为那一次初见初回眸而叹惋。如果一切可以停留在那一瞬、那一秒，那天荒地老、海枯石烂的一秒上，宁愿将其编织成美丽的梦幻，眷恋终生，无须将来，亦不再离开。

往事和着音律般的烟火与眼泪迎风飘散，凝望逐渐逝去的那一张熟悉又陌生的脸庞，我们心中总有个声音在呐喊着"为什么"，想要寻回这一切的原点，想要为这一切寻求一个理由去诠释。

而遗憾的是，没有理由。有的，只是散落天际的一声长叹。

如若人生只驻足于初见的那一刻，似那美到极致的春天，又何来萧瑟的秋风，卷走那一切的美好，使人默然空对扇？

多么美好的企盼，多么美好的希冀，可惜无法实现。

年少的时光啊，再也回不去了。

那曾经痴狂的青春，会不顾一切地去爱的青春；那曾经多愁善感的我们，会为春花秋月感叹不已的我们，都已经回不去了。

回不到那一年音律泛滥的华美乐章里，只能在这荒凉而苍茫的世上空自徘徊，为往事归零溯源。

人生即是如此，永无法只如初见。

（二）

> 人生若只如初见，何事秋风悲画扇？
> 等闲变却故人心，却道故人心易变。
> 骊山语罢清宵半，夜雨霖铃终不怨。
> 何如薄幸锦衣郎，比翼连枝当日愿。

这是清代词人纳兰性德的作品。词中用"秋扇""雨霖铃"等意象向读者展现了一位女子为情所伤后，坚决与对方分手的情景和其内心幽怨、凄楚、悲凉的心情。

初逢意中人之时，一切都是那样的美好，嫣然一笑的回眸，翩然而过的身影，仿佛整个世界都充满了爱的气息。然而这一刻若能永恒，便不会有日后伴着秋风日渐凋零的花瓣。

那温馨，那甜蜜，那爱恋，不复存在的时候，本就已经心痛难言。此时，若是再加上一句"情人间的感情本就易变"，那雪上加霜般的感觉便刹那间席卷而来了。

那曾在长生殿发过生死不相离的誓言的唐明皇和杨玉环，虽最终不得不作决绝之别，亦不曾心怀怨恨。那份伤痛，怎比得上被人抛弃后，再撒一把盐于伤口之上？

那曾经的爱都已尽了，情都已断了，人都已变了，又何况那比翼双飞的期望，那共结连理的誓言？

"人生若只如初见"，一个"若"字，将无奈的心境刻画得淋漓尽致，令人每每读到此句，都会产生无数的感慨，都会怅然心痛。

（三）

世间的万事万物，一刻不停地变迁着，命运的车轮碾压着一切，也包括那美丽的外壳。心，碎了一地。过往的一切在秋风中呜咽着，我们伸出双手，却只触到了虚空。

回忆中的美好，只能在梦中一次次重温，一旦醒来，便一件件被现实击碎。那满地的碎片，零零散散地飞过心房，划下一道道伤痕，却没有鲜血流出。

不要问何事，一个声音低语着，世间哪有那么多的为什么。是的，没有，永远没有。

一次一次的初见，一次一次的归零，全心的付出，就在无数的沉默中、狂喜中、愤怒中化为乌有。意欲溯源，却得知这个世界根本不存有"为什么"。

春天飞一般逝去，让人来不及伤神。秋风瑟瑟地吹来，带起漫天纷飞的落叶与泪光。初见，就这样无情而残酷地轰然倒地，那未曾闭上的双眼中，满是不舍、不甘，却无力承担。

时光匆匆，恍然如梦。当美丽的梦想不再，当对生活的美好期待不再，当心中那份最初的情感不再，当最初的那个自己不再，那一见倾心的美好时光，那一见倾情的美妙感觉，都成了心底再也不敢去碰触的伤。

曾经沧海，只怕早已换了人间。害怕重逢时，初见时的美好，初见时的爱恋，初见时的喜悦，初见时的纯洁都已消逝。于是，选择不再见，因为再见便是再一次伤心，便是剥开伤口后流出的鲜血。

既然不能如初见，不如将那份感觉永留心中，永远怀念。

后记

　　心静时，我们才能倾听到来自内心的、真实的声音。然而，在这个热闹的都市中，人的心却很难平静下来。

　　也许我们会跌倒，会迷失，会狂热地追逐一些并非内心所需的东西；也许，我们会身不由己，为了适应外面的世界，为了别人的意愿，即使不甘心，也只能放手。

　　生活中遇到许多的不解、迷惘和困惑，就像旅途中的浓雾，模糊了我们的视线，让我们看不清真实的世界。我们如同在雾中行走的旅人，一边摸索着，一边小心翼翼地向前行走。

　　凡世间的种种，让我们心中纠结、痛苦，它们包裹了我们的心。而禅，是一种智慧，它像一束温暖的光，能够深入我们的内心深处，让我们看到最真实存在的自己，那个除却了身体、地位、身份的自己，那个最本真的自己。

　　禅意无处不在，一花、一草、一沙、一树、一言、一语……只要我们用心体会，随处都可以体会得到。而那存在于古诗词中的禅意，更能打动我们的内心。

　　中国的古诗词是古人智慧的结晶，它们三言两语便将人们从物质的世界中拉出，静观内心世界，静观自己，看到自己的本心，走出迷失的世界，得到开悟，最后进入一个超凡脱俗的境界。

我们在古诗词中看到了那些诗人们经历了种种磨炼，最后练就了宁静、隐忍、宽容、淡泊之心。那份随意与超脱，如何不让人向往？

让我们一起在古诗词的世界里徜徉，在那禅意中徜徉，还自己一个"浅笑看花开，无争赏叶落"的意境，还自己一颗随缘自适的本心。